徳間文庫

見参、諸国廻り

天狗の鼻を討て

倉阪鬼一郎

徳間書店

目次

主な登場人物

飛川角之進　諸国悪党取締出役、通称諸国廻り。旗本の三男坊として育ち、柳生新陰流の遣い手で、将棋は負けなし。料理屋で修業し、団子坂で料理屋「あまから屋」を開くが、出自ゆえに小藩の藩主をつとめたこともある。

おみつ　角之進の妻。湯島の湯屋の娘だったが、左近の養女となり、嫁ぐ。

王之進　角之進とおみつの息子。

春日野左近　諸国廻りの補佐役。角之進の古くからの友。

草吉　角之進の手下。忍びの心得がある。

林　忠英　若年寄。

大鳥居大乗　宮司。幕府の影御用をつとめ、諸国廻りへ指示を出す。

徳川家斉　江戸幕府第十一代征夷大将軍。角之進の実父。

吉兵衛　大坂の廻船問屋「浪花屋」の隠居。

おまつ　吉兵衛の妻。浪花屋の大おかみ。

太平（たへい）　吉兵衛の長男。浪花屋の主人。

次平（じへい）　吉兵衛の次男。江戸の本八丁堀（ほんはっちょうぼり）で「なには屋」という料理屋を営む。

おさや　吉兵衛の娘。江戸で「なには屋」からのれん分けした店を営む。

儀助（ぎすけ）　塩廻船の楫取（かじとり）。

仁吉（にきち）　塩廻船の船頭。

喜四郎（きしろう）　角之進の料理の弟弟子。妻とその弟の大助（だいすけ）とともに「あまから屋」を切り盛りしている。

おはな　喜四郎の妻。

三杉玄蕃（みすぎげんば）　福山藩の湊（みなと）奉行。

大覚（だいがく）　海賊のかしら。

第一章　結ばれた縁

一

天狗（てんぐ）の鼻は、古くから難所として知られている。

瀬戸内の海に向かってにゅっと突き出した岩で、遠目には天狗の鼻のように見える。

そのあたりは潮の流れが速く、なおかつ分かりにくく入り組んでおり、離れようとしても船が吸い寄せられるように岩のほうへ動いて座礁してしまうことがたびたびあった。

鞆（とも）の湊（みなと）へ急ぐために、海が荒れているのに天狗の鼻の近くを急いで通ろうとして難破の憂き目に遭うことも多かった。まことにもって、船頭泣かせの難所だ。

さらに……。

にわかには信じがたいうわさもささやかれていた。

天狗の鼻が逆光になるとき、岩がにょきにょきと伸びたかと思うと、船のほうへ手のようなものを伸ばしてくる。

それを見てしまったら、もういけない。船は難破し、積み荷は何者かに一つ残らず奪い去られてしまう。

潮がぶつかる鞆の湊まで着けば、ひと息つくことができる。瀬戸内を西から東へ進み、大坂を目指す船にとってみれば、鞆の手前の天狗の鼻は最後の難所と言うべきところだった。

その場所を、一隻の小ぶりの帆船が走っていた。

白い帆に、「丸に花」の屋号が見える。

大坂の廻船（かいせん）問屋、浪花屋（なにわや）の船だ。

大坂と江戸を結ぶ菱垣（ひがき）廻船は、より小回りの利く樽（たる）廻船に圧（お）され、だんだんに数が減ってきている。なかにはあきないじまいをする問屋もあったが、浪花屋は瀬戸内の塩を運ぶ塩廻船も何隻か持っている。菱垣廻船だけの問屋にはない強みがあるから、それでどうにかのれんを守ってきた。

だが……。

その浪花屋の塩廻船が、思わぬ危難に見舞われた。

場所は難所の天狗の鼻だ。

難所を避けようとしても、潮の加減でどうしても通らざるをえないこともある。その日もそうだった。

「うわっ、出ましたで、船頭はん」

楫取（かじとり）（航海長）の儀助（ぎすけ）が大声で前方を指さした。

鳥の囀（さえず）りが聞こえた。

海鳥ではない。聞き慣れぬ声だ。

「で、出たか」

船頭（船長）の仁吉（にきち）が目を剝（む）いた。

怖れていたことが、うつつのものとなりつつあった。

天狗だ。

難所の天狗の鼻からは、日の暮れがたに魔物が出る。

天狗の鼻がにゅっと伸びて、船を襲ってくる。

にわかには信じがたいことが、現に目の前で起きていた。

「う、うわっ」

「天狗や、天狗や」

「天狗が出よったで」

水主(かこ)たちが浮き足立った。

「か、楫が利かへん」

儀助が悲痛な叫び声をあげた。

「何やて」

船頭の仁吉が声を張りあげた。

「楫があきまへんのや」

楫取の儀助は目を瞠(みは)った。

どこから現れたのか、天狗の面をかぶった者たちがわらわらと浪花屋の塩廻船に乗り移ってきた。

鳥の囀りが一段と高くなる。頭の中で痛いほどに鳴る。

「うわっ」

最初の悲鳴が響いた。

抗(あらが)うことはできなかった。

塩廻船は、たちまち暴虐の嵐に呑(の)まれた。

二

「あれは何かな？」

大坂の湊を歩く武家が前方を指さした。

「嘆きの輪のようなものができているな」

もう一人の武家が言う。

塩廻船だろうか、小ぶりの船に乗っていたとおぼしい男が、上陸するや地面をたたいて嘆き悲しんでいる。それを周りの者が懸命になだめているように見えた。

「いかがした」

役者でもつとまりそうな顔だちの男がのしのしと大股で近づき、輪に向かって声をかけた。

「何か困りごとがあったら告げよ。われらはそういう役目ゆえ」

もう一人の武家が告げる。

こちらも彫りの深い整った顔だちで、何がなしに異人のようにも見える。

「うちの船が、瀬戸内で海賊にやられてしもたみたいなんですわ」

廻船問屋のあるじとおぼしい男が沈痛な面持ちで言った。

「海賊？　瀬戸内で海賊が跳梁していたのは、ずいぶんむかしの話のはずだが」

役者風の男が意外そうに言った。

「村上水軍などだな。そういったかつての海賊は毛利の家臣になったはず」

もう一人の異人風の男が首をひねる。

「へえ、それが……」

廻船問屋のあるじが続けようとしたとき、慟哭の声が響いた。

「船頭のわいが生き残ってしもた。殺められたもんの身内にどうやってわびたらええねん。わいのせいや。天狗の鼻へ向てしもたわいのせいや」

あとはもう言葉にならなかった。

「船頭の仁吉と楫取の儀助、この二人しか生き残りまへんで。あと四人乗ってたんですが……」

あるじが沈痛な面持ちで告げた。

「わいのせいや。すまなんだ。堪忍してくれ」

船頭の仁吉は湊の地面を手でたたいて嘆き悲しんだ。

「船頭はんのせいとちゃいますで。悪いのはみんな天狗に化けた海賊や」

楫取の儀助が肩に手をやってなだめる。

「天狗に化けた海賊だと？」

役者風が異人風の顔を見る。

「それは、われらの出番かもしれぬな」

相棒役が言った。

「畏れながら、どういうお役目で？」

廻船問屋のあるじが問うた。

役者風の男は、ひと呼吸置いてから答えた。

「おれの名は、飛川角之進。諸国悪党取締出役、通称、諸国廻りだ」

三

火付盗賊改方出役を火盗改と呼ぶ。

鬼平と恐れられた長谷川平蔵をはじめとして、その役に就いた者は数多い。

だが……。

諸国廻りは、いまのところ一人だけだ。それも、正史にその名をとどめる役職ではなかった。

その名のとおり諸国を廻り、行く先々で遭遇した悪を退治する。それが諸国廻りの唯一無二の役目だ。

ひそかに諸国を廻るとはいえ、古くからある隠密ではない。隠密は潜入先を探って公儀に伝えるだけだが、諸国廻りは違う。悪党に遭遇すれば、闇にて成敗する権限を与えられていた。

諸国廻りの補佐役が、目の色がいくらか薄く異人風の顔だちをした男、春日野左近(かすがのさこん)だ。

角之進とは古くからの友で、肝胆相照(かんたんあいて)らす仲だった。ともに剣術の達人だから、悪党と立ち回りになっても充分に太刀打ちできる。

もう一人、草吉(くさきち)という手下(てか)の者がいた。

めったに表情を変えない小男には忍びの心得がある。敵の様子を探る役目にはうってつけだ。

では、なぜ飛川角之進が諸国廻りという役目に抜擢(ばってき)されたのか。日(ひ)の本(もと)にたった一人の諸国廻りとして、いま大坂にいるのか。

これは角之進の数奇な運命(さだめ)に由来する。

旗本の飛川家はもともと御庭番の家系だった。その当主、飛川主膳のもとにある密命が下った。

将軍家斉が市井の娘に産ませた知られざる御落胤を、自らの実子として育てよという命だ。

主膳と妻の布津はこの命に従った。飛川家の三男として育てられた角之進は、実は将軍の血を引く若さまだった。

その後は紆余曲折があった。角之進は自らの出生の秘密を知り、おみつという湯屋の娘と恋仲になり、やがて一緒になった。

正式に縁組をするために、おみつは武家の養女となった。その武家こそ、かねてよりの親友、春日野左近だった。よって、左近は角之進にとっては友にして義理の父親でもあった。

角之進の数奇な人生の旅はなおも続いた。

さる小藩から請われて殿様となり、藩の危機を救った。そんな角之進を待ち受けていた次なる大役が、いまの諸国廻りだった。実父の家斉からも、職務に励むようにと申し渡されている。

いままでほとんど表に出なかった父の飛川主膳も、角之進と幕府のつなぎ役として動くことになった。諸国廻りの上役は、家斉の寵臣である若年寄の林忠英だ。これにもう一人、大鳥居大乗という宮司が加わる。幕府の影御用をつとめ、ひそかに指南を行っている男だ。諸国廻りが次に向かうべきはいずこか、影御用の宮司が占って指示する。

　このたびは、大坂の湊へ向かうべしという見立てが出た。それに従って諸国廻りの飛川角之進と補佐役の春日野左近が足を向けたところ、慟哭の場に遭遇した。

　ざっとそのような経緯だった。

四

「沈まなんだとはいえ、塩廻船がやられてしもたのは痛い。こら痛い」

髷に白いものが目立つ男が顔をしかめた。

大坂の廻船問屋、浪花屋の隠居の吉兵衛だ。

「殺められた船乗りはんらを悼むのが先やで、あんさん」

どっしりとした体つきの女が言った。

吉兵衛のつれあいで、大おかみのおまつだ。いろいろあって、吉兵衛はおまつにまったく頭が上がらない。

「そら分かってるがな。人も併せての『痛い』や」

吉兵衛はそう弁解すると、二人の客人のほうを向いた。

「どうか敵を討っておくれやす。諸国廻りの旦那はん」

角之進に向かってそう訴える。

慟哭の場に遭遇した角之進と左近を、あるじの太平が浪花屋へ案内してきたところだ。諸国廻りが詳しい話を聞きたいと言ったからだが、船頭と楫取は疲れがはなはだしいため、ひとまず粥を与えて休ませることにした。

「承知した。われらに任せよ」

角之進はそう請け合った。

「それがわれらの役目だからな」

左近も和す。

「で、こんなことを言うのは何ですねんけどなあ……」

大おかみがややあいまいな顔つきで切り出した。

「わたいら、諸国廻りっちゅうお役目を聞くのは初耳ですねん。あ、いや、べつに疑うてるわけとはちゃいますねんけど」

そう断りながらも、おまつの目の奥には疑わしげな光が宿っていた。人を見る力は、隠居よりも大おかみのほうがはるかにある。

「それは無理もない」

角之進は渋く笑って左近のほうを見た。

「では、あれを出すか」

左近が軽く身ぶりで示した。

「あまりこういうものをかざしたくはないのだが……」

角之進はそう言うと、ふところから巾着を取り出した。

麗々しい金糸で家紋が縫い取られている。

葵の御紋だ。

「上様から直々に頂戴したものだ。徳川家の紋所が縫い取られている。出自まではしかと明かせぬが、その血筋と思え。これで信じてくれるか」

角之進は言った。

御落胤であることを明かすと、良からぬ企みを思案する者が出ないともかぎらない。そこのところだけ周到に伏せておいた。

「こ、これは……」

吉兵衛がまず目を剝いた。

やにわに平伏する。

「へへーっ」

あるじの太平も続いた。

最後に、大おかみのおまつが頭を下げた。

「疑うたりして、相済みませんでした」

「なんの」

角之進はさっと巾着をしまって言った。

「おれがそなたらでも、まず疑うところだ。さ、顔を上げてくれ」

角之進は身ぶりをまじえた。

「畏れ多いことで」

隠居の吉兵衛が首をすくめた。

「なに、将軍家の血筋とはいえ元はただの将棋指しで、湯屋の二階で客に指南していたのだ。硬くなることなど毛頭ない」

角之進は笑って告げた。

「将棋指しでございますか」

おまつが意外そうな顔つきで訊いた。

「そうだ。御城将棋に上がるつもりが、宿願がなかなか叶わなかった」

「こやつは剣術も将棋も向かうところ敵なしだったのだ」

左近が言った。

「何でもでけますねんな」

吉兵衛が感心の面持ちで言った。

そのあたりから、だんだんに雰囲気がほぐれてきた。浪花屋のほうも、隠居した吉兵衛の傍迷惑な性分について面白おかしく伝えたから、角之進もいくたびか声を立てて笑った。

「ほな、ここやと歓待もでけしまへんさかい、わてらの行きつけの見世で悪いですねんけど、一杯呑みながらどうですやろ」

吉兵衛が盃を干すしぐさをした。

「宿がまだでしたら、うちにお泊まりくださいまし」

おまつが頭を下げる。

「ならば、言葉に甘えてそうするか」

角之進が左近を見た。

「ああ、それは助かる」

と、左近。

「生き残った船乗りたちから詳しい話を聞きたいのだが、それは明日にしたほうがよさそうだな」

角之進は言った。

「今日休ませれば、明日は落ち着いてお話ができると思います」

あるじの太平がまだいくぶん硬い表情で告げた。

「分かった。では、場所を変えることにしようか」

角之進は腰を上げた。

「へえ、大坂でも指折りの料理屋へご案内します」

吉兵衛が笑顔で続いた。

五

浪花屋の面々が諸国廻りたちを案内したのは、潮屋（うしおや）という名の料理屋だった。

身内だけで気軽に食べるときは、恵比寿屋(えびすや)といううどん屋を使うことが多いが、あらたまったもてなしはべつの見世だ。鱧(はも)に甘鯛(ぐじ)に明石(あかし)の蛸(たこ)。潮屋では上方(かみがた)のうまいものがふんだんに出る。

「そうか。そなたらも江戸で料理屋を」

角之進が驚いたような顔つきになった。

「へえ。ほんまは千軒のなには屋にするつもりやったんですがな」

吉兵衛が苦笑いを浮かべた。

「千軒のなには屋？」

左近がいぶかしげに問う。

「そうですねん。それで、難破したあと、おのれがだれか分からんようになってしもて、えらいみなに難儀をかけて」

隠居は首をすくめた。

「分かってたらよろし」

おまつが鷹揚(おうよう)に言った。

それからしばらく、鱧料理に舌鼓(したつづみ)を打ちながら吉兵衛にまつわる数奇な話を聞いた。

かつては隆盛を極めた菱垣廻船だが、より小回りの利く樽廻船に客を奪われ、いまは昔日の面影がなかった。

そこで、案だけはむやみに思いつく吉兵衛が意想外な絵図面を描いた。

江戸へ荷を運んだ菱垣廻船は、みちのくへ古着などを運んだあと、蝦夷地を経由して大坂へ戻ることが多い。上方では良質の酒や醤油や塩や味噌ができる。蝦夷地の昆布に上方の調味料、最高のものをまた江戸へ運び、料理屋を開けば、評判の見世になるだろう。

菱垣廻船に比べれば利は薄いが、たとえ一軒の見世の利は少なくとも、厨でだんだんに料理人を育て、一軒が二軒に、二軒が三軒に、そしてやがて千軒のなには屋になれば、巨万の富を得ることができる。

千軒のなには屋ができれば、その利を合わせて新たな菱垣廻船を造ることができる。樽廻船に圧されていまは忍従の時を過ごしているが、いまに見ておれと勇んで江戸へ向かった吉兵衛だが、あいにく嵐に巻きこまれ、船の命とも言うべき帆柱を切り倒さねばならなくなってしまった。結局、命だけはどうにか助かったが、菱垣廻船の難破は大きな痛手だった。

調子のいいときは、それいけ、やれいけで突き進んでいくが、ひとたび挫折を味わうと心の柱がぽきんと折れてしまうのが吉兵衛の難儀なところだった。そのときはおのれがだれか分からなくなってしまったらしく、しばらくゆくえ知れずになって身内はずいぶん気をもんだものだ。

「で、なには屋はどうなったんだ？」

角之進はそう問うと、鱧の源平焼きの源氏のほうを口に運んだ。

源平の旗に見立てた二種の焼き物だ。

白旗の源氏はさっぱりとした塩焼き、赤旗の平家はこっくりとしたつけ焼き、どちらも酒がすすむ美味だ。

「へえ。うちの跡取りのこいつの弟と妹が代わりに見世を出しまして」

吉兵衛は太平を手で示した。

「それからなんやかんやあって、いまはどっちもええつれあいをもろて、子ォもでけて……」

「あんさん、もうちょっと要領ようしゃべり」

おまつがぴしゃりと言った。

「間違うたことは言うてへんやないか」

吉兵衛が言い返す。

「間違うてへんでも、あんじょうしゃべらな。千軒のつもりがまだ二軒やけど、次男の次平と、その妹のおさやがそれぞれええつれあいを得て、なには屋ののれんを出させてもろてます。……と、そう言うたらええだけの話や」

　おまつが言う。

「えらいすんまへんな」

　吉兵衛がいくらか唇を突き出した。

「実は、諸国廻りどのも江戸で料理屋をやっているのだ」

　左近が角之進を手で示した。

「へえ、そうでっか。それはそれは」

　吉兵衛が目をまるくした。

「修業したとはいえ、料理の腕はいささか心もとないのだが」

　と、角之進。

「これは謙遜でも何でもなく、向かうところ敵なしの将棋や剣術に比べると、料理はしくじりが多くてな」

　左近が忌憚なく言った。

「こういう料理が大関だとしたら、下っ端の取的だ」

角之進はそう言って、湯引きの鱧を梅肉だれにつけて口中に投じた。

鱧は骨切りに年季が要るが、ちょうどいい按配だ。さっぱりとした梅肉だれがよく合っている。

「鱧は江戸にはあらしまへんやろ？」

おまつが問う。

「ああ、上方ならではだ」

角之進は笑みを浮かべた。

「鱧は刺身もうまいんだな」

左近がうなる。

鱧刺しは土佐醤油で味わう。これまた口福の味だ。

「で、お見世の名は？」

太平がたずねた。

「あまから屋という名だ。団子坂というやや辺鄙な場所にのれんを出している」

角之進は答えた。

「甘い辛いの『あまから屋』でっか？」

吉兵衛が問う。

「そうだ。中食の膳を出したあと、二幕目は『あま』と『から』に分かれる。『あま』は甘味処、『から』では酒を出す」

角之進はそう説明した。

「江戸広しといえども、そんな見世は一軒だけだ」

と、左近。

「へえ、いっぺん行ってみたいもんですなあ」

太平が言った。

「いまはどなたが見世を？」

おまつがたずねた。

「かつては女房のおみつとともにやっていたのだが、せがれがまだ小さいもので、女房はたまにしか顔を出せぬ。そこで、料理の弟弟子の喜四郎とおはなの若夫婦、それにおはなの弟の大助、さらに、昼どきだけ手伝う娘も入れてどうにかやりくりをしている」

角之進は答えた。

「芋団子などの持ち帰り場もあるから、なかなかに忙しいのだ」

左近が言う。

「もう一つ、『あま』のほうは甘味処と猫屋を兼ねておるのだ。毛並みの変わった猫がいるので、それを目当てに甘味を食べにくる娘たちもいる」

角之進はそう言い添えた。

「へえ。そら、おもろいあきないですなあ」

吉兵衛が笑みを浮かべた。

そんな按配で、料理に舌鼓を打ちながら、しばらく話が弾んだ。

しかし……。

塩廻船が思わぬ災難に遭った件に話が戻ると、ひとたび盛り上がった場の気がまたにわかに沈んだ。

「ほんまに痛手ですわ。ただでさえ菱垣廻船は、樽廻船のやつらに圧されて難儀してるのに」

吉兵衛が顔をしかめた。

「菱垣廻船が難破したときもあきないじまいにならなかったのは、塩廻船が何隻か気張ってくれたからなんですわ。その働き手が襲われてまうとは」

あるじの太平が嘆く。

「飛川さま」

大おかみが光をたたえた目で角之進を見た。

「敵（かたき）を討ってやっておくれやす」

そう訴える。

「わてからも、このとおりや」

吉兵衛が両手をついた。

「承知した」

角之進はすぐさま答えた。

「悪党退治の諸国廻りの名に懸けて、敵を討たねばな」

諸国廻りは左の手のひらに右のこぶしを打ちつけた。

「西のほうではこれが初陣になる。天狗か海賊か知らぬが、相手に不足はなさそうだの、角之進」

左近が言った。

「おう。是が非でも退治せねばな」

諸国廻りの声に力がこもった。

「何でもさせてもらいますよってに」

隠居が両手を合わせた。

「では、さっそくだが……」

角之進は注がれた酒をくいと呑み干してから続けた。

「ひと息ついてからで良いが、瀬戸内で塩廻船が襲われたところまで、また船を出してもらうわけにはいかぬか。むろん、われらだけを乗せるのは割に合わぬゆえ、あきないも込みで良い」

「へえ、それはよろしおま」

吉兵衛が二つ返事で答えた。

「あんさんは隠居でんがな。太平が決めんねん」

おまつが浪花屋のあるじを手で示した。

「ああ、すまんことで」

吉兵衛が髷に手をやる。

「あきないは二の次にしても……」

太平は座り直して続けた。

「敵を討ってやってくださいまし。あきないより敵討ちや」

浪花屋のあるじはきっぱりと言った。

吉兵衛が何か言いかけてやめる。

そんなこと言うたかて、あきないも大事やで、と顔にかいてあった。

それを見た角之進は猪口を置いて言った。

「このたびばかりではない。この先も、諸国廻りの足として浪花屋の船を使わせてもらうわけにはいかぬか。むろん、手間賃は出す。そのあたりは、あとできちんと上に掛け合うゆえ」

「諸国廻りの足、でございますか」

太平が言った。

「それは名案だな」

左近がうなずく。

「いまは馬を乗り継いで街道筋を進んでいるが、船のほうがはるかに速いところもある。浪花屋がわが諸国廻りの足をつとめてくれたら、悪党の取り締まりは格段に捗ることだろう」

角之進が言った。

「なにぶん、われらはまだできたばかりの御役で、ろくに頭数もおらぬ。あとは草吉という忍びがほうぼうを嗅ぎまわっているばかりだ」

左近が伝えた。

「忍びでございますか」

太平が驚いたように言う。

「さよう。ずっとおれについていたのだが、縁あっていまは諸国廻りの手先だ」

角之進は言った。

「手間賃を出してもらえるんやったら、これはほまれのつとめやし、喜んでお受けしたらどや？」

吉兵衛が太平に訊いた。

「お母はんは？」

太平は大おかみの顔色をうかがった。

「わたしの顔色を見んと、あんたが決め」

おまつは突き放した。

「お上の諸国廻りさまの足をつとめるんや。これは箔がつくし、手間賃も入るんやったら……」

だいぶ赤い顔になってきた吉兵衛が上機嫌で言う。

「あんさんに訊いてへんがな」

おまつがさえぎった。

「えらいすんまへん」

　吉兵衛は髷に手をやった。

「一つ、お訊きしたいことがあるんですが」

　太平がおずおずと言った。

「何なりと申せ」

　角之進が言う。

「へえ。先ほど『あとできちんと上に掛け合う』と申されましたが、諸国廻りの上というのは、どういう御役になるんでっしゃろか。そのあたりがいまひとつ呑みこめてまへんので」

　太平がやや硬い表情でたずねた。

「ああ、それは詳しい話をしておかねばな」

　角之進は猪口を置いて続けた。

「諸国廻りの上役は若年寄様だ」

「わ、若年寄」

　吉兵衛が思わず声をあげた。

　そんな幕閣の大物だとはまったく予期していなかったからだ。

「さよう。十一代将軍家斉、上様の懐刀を長年つとめてきた林忠英様だ」

角之進はそう明かした。

「なかなかの切れ者だという評判だ」

左近も言う。

「そのほかに、次はどの地方を廻るか見立てを行う宮司や、つなぎ役をつとめるわが養父の飛川主膳がいる」

「さらに、義父の春日野左近もな」

左近がすかさず言ったから、角之進が少し顔をしかめた。

「いずれにせよ、船を出して足をつとめてもらうからには、それ相応の手間賃はむろん支払う。あきないと込みの菱垣廻船に乗船させてもらうときの手間賃はどうするかといった細かいところは、べつに今日決めなくてもいいだろう」

角之進が言った。

「承知しました」

太平が言った。

「諸国廻りの足のつとめ、ほまれですよってに、浪花屋が気張ってつとめさせてもらいまひょ」

廻船問屋のあるじの顔で、しっかりした口調で太平は言った。

おまつがうなずく。

「これで縁が固く結ばれたな」

左近が白い歯を見せた。

「どうぞよろしゅうに」

おまつが頭を下げた。

「よろしゅうお頼み申します」

隠居が芝居がかったしぐさで両手をつく。

「では、まずは塩廻船の敵討ちだな。明日、生き残った船頭たちから改めて話を聞くことにしよう」

角之進は芯のあるまなざしで一同を見た。

第二章　出航

一

翌(あく)る日――。

諸国廻りとその補佐役の姿は、浪花屋の客間にあった。

床の間に飾られているのは、実物の菱垣廻船を小さくつくったものだ。帆の張り方まで真に迫っている。

「これはだれがつくったんだ?」

角之進がたずねた。

「へえ。わたいの兄が船大工で、手先が器用ですよってに、そこに飾ってあるのもつくってもらいました」

大おかみのおまつが言った。

「もちろん、本物の菱垣廻船も手がけてもろてます。そうぽんぽんつくれるようなもんとちゃいますけどな」

隠居の吉兵衛が言った。

あるじの太平は、さきほど若おかみのおちえとともに茶菓を運び、いったん下がっていった。船頭の仁吉と楫取(かじとり)の儀助、塩廻船の二人の生き残りの様子を見に行ったのだ。戻ってくるまで、大おかみと隠居が場をつなぐことになった。

「それは千石船だからな」

左近がそう言って、湯呑みに手を伸ばした。

「廻船問屋の命がかかってますよってに」

吉兵衛が胸を張った。

「いまは何隻走っておる？」

角之進が問うた。

「わりかた新しい千都丸(せんとまる)、途中で直しを入れて大事に使(つ)こてる大日丸(だいにちまる)、この二隻をてれこてれこで走らせてるんですわ」

吉兵衛は答えた。

てれこてれこ、とは互い違いに交替でという意味だ。

「走り終えた船は、入念に補修作業を行わねばな」

と、角之進。

「大事に大事に使こてます」

吉兵衛は妙な手つきをまじえて答えた。

「この人がやらかしましたけど、一回難破したら、それはそれは大きな痛手でしてなあ。塩廻船があったさかい、どうにか身代（しんだい）がもちましたけど」

大おかみが言った。

「わいが難破させたんとちゃうで。嵐のせいや」

吉兵衛が言い返す。

「そら分かってるがな。言い回しの綾（あや）や」

「綾言うたかて……」

「まあまあ」

角之進が手を挙げて制した。

仲がいいのか悪いのか、どうも判然としない夫婦だ。

「何にせよ、その貴重な働き手の塩廻船の船乗りが四人も殺（あや）められたのは大きな痛手だったな」

角之進は気の毒そうに言った。

「船乗りは家族みたいなもんです。いっぺんに四人も殺められてしもて」

隠居の表情が陰った。

「ご遺族にちゃんとしたらなあかん。太平だけやとまだ心もとないさかい、あんさんもついていったり」

おまつが言った。

「そやな。そのへんは年の功や。気ィの重いつとめやけど、ここはちゃんとしたらなあかん」

吉兵衛はうなずいた。

「当面はお金の支えもな」

と、大おかみ。

「もちろんや。いままで気張ってくれたんやさかい」

遺族に弔意を示すばかりでなく、銭金でも支える。長く続いてきた廻船問屋の重みを感じさせるやり取りだった。

「そういう計らいがあれば、家族の悲しみもいくぶんは薄らぐだろう。手厚くしてやれ」

角之進は情のこもった声で言った。

「へえ、そのつもりで」

吉兵衛が答えた。

おまつもうなずく。

そのとき、廊下のほうで足音が響いた。

ほどなく、あるじの太平にいざなわれて、塩廻船の生き残りたちが姿を現した。

二

「どうだ。ひと晩寝て、いくらか落ち着いたか」

角之進は笑みを浮かべて問うた。

船頭の仁吉と楫取の儀助は顔を見合わせた。

あるじの太平が「お答えしろ」と仁吉にうながす。

「あんまり寝られまへんでしたわ」

仁吉は包み隠さず言った。

「わても……悪い夢を見て」

儀助が沈んだ顔つきで言った。

「どんな夢だ？」

角之進が問うた。

「船の行く手に天狗が出て、鼻がにゅっと伸びてきよって……」

楫取の顔に、そこで暗い波のようなものが走った。

「見間違いではないのだな？」

今度は左近がたずねた。

「見ました。ほんまに見たんです、天狗の鼻を」

儀助が答える。

「わても見たんで。見間違いやおまへん」

仁吉も力をこめて言った。

「難所の天狗の鼻で、ほんまに天狗の鼻が伸びてきよったわけか。そら、けったいな話やなあ」

吉兵衛が首をひねる。

「それから先はどうだ。敵の顔などは憶えているか」

角之進は問うた。

「天狗の……」

儀助は言葉に詰まった。

「お面をかぶってたような気が」

仁吉が自信なさげに言う。

「あれはお面やのうて、ほんまの天狗やったと思いますわ、船頭はん」

そう言う儀助の顔は紙のように白かった。

おまつが何か言いかけてやめた。

あほなこと言わんとき、と叱るわけにもいかない。いちばんつらい思いをしているのは、仲間を殺められて生き残ってしまったこの二人なのだ。

「ほかに、何か見たり聞いたりしたか。何でもいいから手がかりがほしい。ささいなことでもよいから、憶えていることを申せ」

諸国廻りの顔で、角之進は言った。

「鳥が、鳴いとりました」

引き攣った顔で儀助が言った。

「そや、鳴いとった」

仁吉がうなずく。

「海鳥か？」

角之進が問う。

「いや」

儀助はすぐさま首を横に振った。

「あの鳴き声は……」

仁吉が記憶をたどる。

浪花屋の座敷に、しばし静寂が漂った。

「鶯がいっぺんに鳴いたみたいな声でしたわ」

楫取が言った。

「そや、鶯や」

船頭もひざを打つ。

「海で鶯が鳴いてたんか？」

おまつがいぶかしげな顔つきになった。

「一匹だけ、ホーホケキョとか鳴いてたのとちゃうますねん、大おかみはん。もっとこう……」

儀助は言葉を探した。

「わあっと鳴きよったな」

仁吉が儀助の顔を見た。

「へえ、そのとおりで」

楫取はうなずいた。

「たくさんの鶯がいっせいに鳴いたわけか」

角之進はそう言って、湯呑みの茶を少し飲んだ。

「へえ、そのとおりで」

「鳥が笑ろてるみたいで」

塩廻船の生き残りたちが告げた。

「そら、鳥と違ごたんとちゃうか?」

吉兵衛が言った。

隣に座った太平がうなずく。

「いっせいに鶯が鳴きだしたような声が響き、それからどうした」

角之進は先をうながした。

だが……。

塩廻船の生き残りたちの様子は急におかしくなってしまった。

「か、堪忍してくれ」

儀助が両手で頭を抱える。

「あかん……あの声が聞こえたら、もうあかんねん」

仁吉がぶるぶると首を振る。

角之進と左近は顔を見合わせた。

「待て。思い出さずともよい」

角之進はそう声をかけた。

怖ろしい目に遭ったせいで、まだ心の傷が癒えていないようだ。ここはひとまず引くことにした。

「天狗の鼻と称される難所には、何か秘密が潜んでいるようだが、それを暴くのはわれらのつとめだ」

角之進は笑みを浮かべた。

「そなたらは案内をするだけで良いからな」

左近も落ち着かせるように言う。

「船を出してくれるだけでええねん」

あるじの太平も言葉を添える。

「へ、へえ……」

船頭が湯呑みに手を伸ばした。

その指先は小刻みにふるえていた。

「おまはんらは、諸国廻りさまを案内するだけでええのんや」

大おかみが嚙んで含めるように言うと、楫取もようやく人心地がついたような表情になった。

「悪者退治は諸国廻りさまがやってくれはるさかいに」

吉兵衛も言う。

「われらに任せよ」

角之進の声がいくらか高くなった。

「数こそ少ないが、一騎当千だからな」

左近が笑みを浮かべる。

「そやけど、ちと少なすぎるのとちゃいますやろか」

吉兵衛がおずおずと言った。

「案じるには及ばぬ」

角之進は白い歯を見せた。

「手勢は行く先々の藩から借りる。通達はなされているゆえ、よもや拒むところはあるまい」

諸国廻りはそんな見通しを示した。

「なら、敵は討てますな」

仁吉は思いつめた顔つきで言った。

「仲間の敵を討ってくださいまし」

儀助が身を乗り出して言う。

「おめおめと生き残ってしもて、このままでは死んでも死にきれまへん。どうか敵を討ってくださいまし、諸国廻りさま」

四人の船乗りを殺められた船頭の声に力がこもった。

「われらに任せよ」

角之進は重ねて言った。

三

瀬戸内へ再び塩廻船を出す支度はだんだんに整っていった。そのあいだ、角之進と左近は浪花屋に滞在し、大坂のうまいものを食して英気を養っていた。

江戸へは文を送った。

角之進がしたためたのは、まず父の主膳に宛てた諸国廻りのつとめぶりを記した文だった。父から若年寄に申し送りをしてもらえれば、しかるべき根回しがなされるかもしれない。

もう一通は、女房のおみつに宛てたものだった。

一人息子の王之進(おうのしん)は順調に育っているようだが、しばらく顔を見ていないので達者かどうか案じられる。あまから屋のなりわいもあるから、案じだしたらきりがないほどだ。しかし、なにぶん遠く離れている。そのあたりはおみつに任せるしかなかった。

出前の料理のなかで、角之進と左近がことに気に入ったのは鰻(うなぎ)の蒲焼(かばや)きだった。これは隠居の吉兵衛の好物でもあったから、夜ごとに蒲焼き膳になった。

「江戸でも食うたことがありますけど、やっぱり大坂のほうに舌がなじんでますな。

こらうまいわ」

　吉兵衛が相好を崩した。

「京大坂では蒸さずに焼くだけらしいな」

　箸を動かしながら角之進が言う。

「そうですねん。蒸さんとふっくら焼くのが職人の腕の見せどころで」

　隠居が二の腕を軽くたたいた。

「江戸では蒸しが入るからな」

　左近も舌鼓を打ちながら言う。

「開き方も違うそうでんな」

　大おかみのおまつが言った。

「江戸では切腹につながると言って腹開きを嫌う。よって、すべて背開きだ」

　と、角之進。

「大坂は腹を割ってしゃべらなあきまへんさかい、腹開きで」

　吉兵衛が笑みを浮かべた。

「味付けも違うな。江戸では味醂と醤油を使うが」

　左近が言った。

「大坂は諸白酒（もろはくざけ）を使いますよってに」

おまつが言う。

「味醂も甘（あも）うてうまいけどな。どっちもうまい」

吉兵衛は上機嫌だ。

諸国廻りの足に取り立てられたことを、浪花屋の隠居はことのほか喜んでいた。樽廻船問屋に客を取られ、いくたびも悔しい思いをしてきたが、菱垣廻船問屋のほうがはるかに格が上だという自負があった。

ことに浪花屋は、古くから続く伝統ある廻船問屋だ。そののれんに「諸国廻りの足」がさらに箔（はく）をつけてくれる。吉兵衛はそう考え、できるかぎりの支援をし、うまいもので饗応（きょうおう）しようとしていた。

「盛り付けはこのほうが映えるな」

角之進はそう言って、朱塗りの大平椀（おおひらわん）に箸を伸ばした。

「江戸では焼き物の皿ですさかいにな」

吉兵衛も続く。

「今日はご飯が別添えですけど、まぶしにしてもよろしいですな」

と、おまつ。

「まぶし……ああ、蒲焼きを飯にまぜることか」

左近が腑に落ちた顔で言った。

「へえ、そうですねん」

「見世ではよう食いますわ」

浪花屋の大おかみと隠居の声がそろった。

その後、まぶしが訛って「まむし」とも呼ばれるようになった。蝮から来た名ではない。

「蒲焼きもそうだが、おまけについてきた小鉢もうまいな」

角之進が笑みを浮かべた。

「うむ。酢味噌和えは珍しい」

と、左近。

「長崎から伝わった料理らしいですわ。あるじがよう学んでますよってに」

吉兵衛がそう言って酒を注ぐ。

「何と言う見世だ？」

角之進が問うた。

「あじ屋で。安治川と味をかけたそうですが。潮屋はんと代わるがわるに使こてる料理屋で」

隠居が答えた。

「ほな、うまいこと行ったら、打ち上げはあじ屋はんで」

大おかみが水を向けた。

「そうだな。笑顔でその日を迎えたいものだ」

諸国廻りはそう答え、また猪口の酒を呑み干した。

四

出港はいよいよ明日に迫った。

角之進と左近は船着き場に向かった。

塩廻船の準備はほぼ整っていた。船頭は仁吉、楫取は儀助、仲間の敵を討つべく再び天狗の鼻のほうへ向かう。そのほかに、若い水主が二人乗りこむことになっていた。

「どうだ、船出の支度のほうは」

角之進は船頭に声をかけた。

「あっ、諸国廻りさま」

仁吉が気づいて言った。

「しっ、その名は呼ぶな。飛川でよい」

角之進はあわてて言った。

「あ、すんまへん、飛川さま」

船頭が頭を下げた。

「準備は万端か？」

左近が訊く。

「へえ、まもなく終わりますんで」

仁吉は塩廻船のほうを手で示した。

ちょうど食糧と水を積みこんでいるところだった。

「ご苦労さまです」

艪の具合をたしかめていた儀助が声をかけた。

「だいぶ顔色が良くなったな」

角之進は笑みを浮かべた。

「へえ、やらいでか、っていう気になってきましたんで」

儀助も表情をやわらげた。

「その意気だ」

と、左近。

「なら、明日は頼むぞ」

作業の邪魔にならないように、角之進は早めに立ち去ることにした。

「へい」

「よろしゅうお願いいたします」

塩廻船の生き残りたちは気の入った声で答えた。

浪花屋へ戻ろうとした二人の行く手に、だしぬけに一つの影が現れた。

「ここで現れたか」

角之進はにやりと笑った。

「そろそろ姿を現すころだと思ったぞ」

左近も言う。

「ご無沙汰しておりました」

表情を変えずに言ったのは、草吉だった。

忍びの心得のある者は神出鬼没だ。知られざる御落胤（ごらくいん）だった角之進の見張り役として長くつとめてきた男には、計り知れぬ力がある。夢のお告げか何か知る由もないが、出陣が近いことを鋭敏にかぎつけ、こうして姿を現したようだ。

「明日が船出だ」

角之進が言った。

「はい」

草吉は短く答えた。

「おまえは走っていくか？」

左近が戯れ言めかして問うた。

「わたくしも同乗させていただければ」

草から生まれた草吉は、表情を変えずに言った。

「ならば、向こうへ着いたらつなぎ役などで動いてくれ」

角之進が言った。

「はっ」

草吉は短く答えた。

五

「気ィつけてな」

大おかみのおまつが言った。

「へい、行ってまいります」

船頭が気の入った声で答えた。

「弔い合戦で」

楫取が腕を撫した。

「あんじょう頼んまっせ、飛川さま」

吉兵衛が軽く右手を挙げた。

「われらが足、浪花屋の初陣だからな。戦果を挙げて帰って来るぞ」

角之進は白い歯を見せた。

「ええ知らせを待ってますよってに」

あるじの太平も言う。

「ああ、楽しみに待っておれ」

左近が言った。

「戦果を挙げてお戻りの際は、なんぼでもうまいもんを食うてもらいますさかいに」

吉兵衛がしたたるような笑みを浮かべる。

「楽しみにしておるぞ」

角之進が笑う。

機は熟した。

「よっしゃ、船出や」

仁吉が両手をばちんと打ち合わせた。

「おう」

船乗りたちが答える。

いい日和で、風も申し分がなかった。

諸国廻りを乗せた塩廻船は大坂の湊(みなと)の岸を離れた。

「気張ってや。気ィつけて」

大おかみが手を振る。

「敵を討ったってや」

隠居が言う。

「必ず、敵討ちをしてきますんで」

船頭の声に力がこもった。

「頼むで。気張ってやりや」

太平が声を張りあげた。

岸から船が離れるにつれ、見送りの人々の姿はだんだんに小さくなっていった。

豆粒ほどになっても、浪花屋の面々は手を振りつづけていた。

やがてそれも見えなくなった。

角之進はゆっくりと手を下ろした。

日ざしが濃くなる。

塩廻船が帆を張った。

「よっしゃ」

船頭の声が響いた。

風を孕(はら)み、白帆が明るく輝いた。

第三章　鞆の浦にて

一

小ぶりな塩廻船だが、瀬戸内の海はおおむね穏やかだ。案じられた船酔いもなく、角之進は順調な船旅を続けた。

「気分はどないです？　飛川さま」

船頭の仁吉が問うた。

「これくらいなら何ともない。いま少し揺れても大丈夫だ」

角之進は白い歯を見せた。

「なら、熊野灘（くまのなだ）や遠州灘（えんしゅうなだ）でも平気ですな」

仁吉が笑みを浮かべる。

「諸国廻りが船酔いしていたのではさまにならぬからな」

左近が横合いから言った。こちらも船に支障はなさそうだ。

ほどなく、夕餉の支度が整った。

その日に釣れた魚と飯と汁。夕餉と言ってもそれだけだが、魚はむろんとびきりの新鮮さだ。

「うまい魚が食えるから、そのたびに生き返るような心地がするぞ」

角之進が言った。

「飛川さまは江戸で料理屋もやらはってるとか」

楫取の儀助が言った。

「おう。魚河岸から見世まで天秤棒をかついで運んだりしていたが、船で釣ってその場でさばいた魚にまさるものはない」

角之進はそう言って、ぷっくりとした眼張の刺身に箸を伸ばした。

「こっちの黒鯛もうまいな」

左近が相好を崩す。

「あら汁もどうぞ」

若い水主が椀を渡した。

「おう、ありがとよ」

「これはあったまりそうだ」

角之進と左近が受け取る。

魚をさばいて刺身にし、残ったあらは味噌仕立ての汁にする。これがまた野趣に富んでいてうまい。

醬油や味噌の調味料は、廻船問屋の強みで上方でも指折りのものを積みこめる。酒もそうだ。おかげで、どの料理も舌がとろけるほどうまかった。

刺身とあら汁に舌鼓を打ちながら、その後はしばし瀬戸内で獲れる魚の話になった。

「たまにですけど、太刀魚も獲れますねん」

船頭が言った。

「こんな大っきいやつですすで」

楫取が身ぶりで示す。

「暴れたりしないか？」

角之進が問うた。

「歯ァが鋭いので、慣れてへんとがぶっとやられます」

仁吉が言った。

「賄の丑松はんは上手でしたなあ」

儀助がいくらか遠い目つきになった。

賄と言っても料理係ではない。別名を岡廻り、知久ともいう船の事務長のことだ。

「そやったな。丑松はわらべのころから魚獲りがうまかった」

船頭はそう言って瞬きをした。

「天狗にやられた四人の一人か」

角之進が問うた。

「へえ……ずっとおんなじ船に乗ってましたんや」

仁吉は続けざまに瞬きをした。

「船頭はんとは竹馬の友やったさかいに」

儀助がしみじみと言う。

「しょうもないこと言いながら、魚を食いながら、なんべんも航海しましたんや。いまでもそのへんにあいつがふらっと姿を現すような気が……」

仁吉はそう言って、目もとを指でぬぐった。

「ほんまですなあ……つらいことで」

儀助の表情が曇った。

「まだ子が小っさかったんで。大っきなったら、おとうとおんなじ船に乗るて言うてたそうですが」

仁吉が言った。

「家族ぐるみの付き合いだったわけだな」

と、角之進。

「そのとおりで」

船頭はうなずいた。

「どうあっても、敵を討って、ええ知らせを持って帰らな」

仁吉の声に力がこもる。

「そうでんな、船頭はん」

「わてらも気張ってやりまっさ」

水主たちからも声が飛んだ。

船頭が船乗りたちから信を置かれていることは、肌で伝わってきた。

「敵を討たねばな」

角之進はそう言ってあら汁を啜った。

その味が、ひときわ深くなったように感じられた。

二

鞆の湊へは明日の朝に着くということだった。

角之進はひそかに草吉を呼び寄せた。左近もまじえての打ち合わせだ。

忍びの者は平生から影を薄くしている。そのせいで、船に乗っているのかどうか怪しまれるほどだった。

「天狗の鼻がにゅっと伸びるのは、おそらく何かの幻術だろう」

角之進は言った。

「はい」

草吉が表情を変えずに答える。

「略奪を行う海賊は、必ずどこかにねぐらを持っている。おまえは陸路をたどり、そのありかを探れ」

角之進は告げた。

「承知しました」

草吉がうなずいた。

「念のために手形のようなものがあったほうがいいのではないか？」

左近が問うた。

「福山藩のか」

「おう」

左近は短く答えて、湯呑みに注いだ酒を少し呑んだ。

酒どころの西宮に池田に伏見、上方の上等な酒はふんだんに積んである。鞆の湊ではまずそのあたりのあきないもなされることになっていた。

「わたくしでしたら、それには及びませんので」

草吉が言った。

「本物の手形を持っている忍びというのはさまにならないかもしれぬ」

左近が笑う。

「なるほど、それもそうだな」

角之進は笑みを浮かべた。

「手形なしでも、わたくしは動けます」

草吉は落ち着いた声音で言った。

「では、任せる。海賊のねぐらを突き止めたら、何らかの手立てで知らせてくれ」

角之進は言った。

「はっ」

草吉は気の入った声を発した。

三

翌朝――。

浪花屋の塩廻船は、滞りなく鞆の湊に着いた。

古くから風待ちの湊として栄えてきた活気のある町だ。まずは積み荷の酒を下ろす。

「では、これにて」

草吉が小声で言った。

「ああ、頼むぞ」

角之進は軽く右手を挙げて送り出した。

その後は船番所に赴き、名を告げて福山藩のしかるべき役人と面会したいと告げた。

「飛川角之進さまですね。失礼ながら、いかなる御役で?」

船番所の役人が訊いた。

「正史に記されておらぬ役目ゆえ、内密に願いたい」

角之進はそう前置きしてから告げた。

「わが役は、諸国悪党取締出役、通称は諸国廻り。直属の上役は若年寄の林忠英様、ひいては上様の肝煎りと心得てくれ」

角之進はそう言うと、ふところから葵の御紋の巾着を取り出してかざした。

御落胤であることはむろんここでも伏せておいたが、御紋の効き目は絶大だった。

「こ、これは御無礼を。い、いま上役に伝えてまいりますので、しばしお待ちくださいまし」

へどもどしながら答えると、役人はあわてて番所から飛び出していった。

船番所はいくらか高いところにあった。見晴らし場もある。

「すぐには来るまい。上ってみるか」

角之進が水を向けた。

「おう、そうしよう」

左近がすぐさま答えた。

下役に断ってから、諸国廻りたちは見晴らし場に上った。火の見櫓をいくらか大きくしたようなつくりだ。

「これはいい眺めだな」

見晴らし場に立った角之進は瞬きをした。

眼下の湊の波止場には、とりどりの船が停まっている。雁木と呼ばれる階段状の岸では、板を用いた荷揚げ作業に余念がなかった。

「浪花屋も気張ってるようだ」

左近が指さす。

「あれは酒樽か」

雁木から陸揚げされようとしている荷を見て、角之進が言った。

「そのようだな」

と、左近。

これほどの長さのある雁木は日の本でも珍しいらしい。荷揚げされたものが次々に船蔵へと積みこまれていく。

「それにしても……」

今度は沖のほうに目をやって、角之進は続けた。

「天狗など出そうにない美しい海だ」

遠近に小さな島を浮かべた青い海が広がっている。光を弾いてたゆたう海は絵巻物のように美しかった。

「海は折にふれて牙を剝くからな」

左近が言った。

「それにしても、天狗とは」

角之進は腕組みをして、なおも景色を見た。

よく目を凝らすと、沖の海の色にはわずかな濃淡があった。恐らくそのあたりで潮がせめぎ合っているのだろう。

古来、鞆の湊は潮待ちの湊として栄えてきた。瀬戸内を航海する船は、ここで良き潮に変わるのを待つのだ。

潮の干満によって、瀬戸内の海流は変わる。その分岐点となるのが鞆の浦だ。ここからいくらか西へ進んだところの天狗の鼻のあたりも、潮目の変化によって刻々と流れが変わっていく。

「鳥の囀りが鍵になりそうだな」

左近が言った。

「うむ……いま聞こえるのは鷗の鳴き声だけだが」

角之進は耳を澄ませてから答えた。

浪花屋の荷揚げは無事済んだらしい。船乗りたちはゆっくりと引き返してきた。

そうこうしているうちに、下から声がかかった。

福山藩の役人が到着したのだ。

四

「それがし、福山城の御用人にて、湊奉行を兼務しておりまする、三杉玄蕃（みすぎげんば）と申す者です。このたびは、お役目まことにご苦労さまにござりまする」

浅黒い顔をした長身の男が、やや硬い顔つきで一礼した。

「諸国悪党取締出役、飛川角之進だ。案内（あない）をよしなに頼む」

角之進は歯切れのいい口調で言った。

「その補佐役、春日野左近と申す。向後よしなに」

左近が一礼した。

「塩廻船にてお越しとうかがいましたが、帰りもその船で？」

三杉玄蕃が問うた。

黒羽織の家紋は三本杉だ。姓と家紋が一致しているのは珍しい。

「大坂の廻船問屋、浪花屋が諸国廻りの足をつとめてくれることになった。その船乗りもわが手勢と考えてもらいたい」

角之進は告げた。

「承知いたしました。お宿のほうは当方で手配させていただいてよろしゅうございましょうか」

玄蕃は如才ない口調でたずねた。

「そうしてもらえれば助かる」

角之進は答えた。

「では、天狗の鼻へ向かう前に、地の料理で充分に英気を養ってくださいまし」

湊奉行は笑みを浮かべた。

「うむ」

角之進は左近の顔を見た。

「地のうまいものを食えるのは楽しみだな」

左近は笑ってそう言っただけだった。

「ならば、案内してもらおう」

角之進は玄蕃に言った。

「承知いたしました。旅籠にご案内いたします」

湊奉行は身ぶりをまじえて答えた。

五

日が暮れれば常夜燈に灯がともる通りを進み、古い構えの旅籠に案内された。

旅籠は存外に奥行きがあり、浪花屋の船乗りたちに供する部屋もあった。繋留した塩廻船で夜を過ごすのがもっぱらの船乗りたちにとっては願ってもないことだ。

「こちら、江戸から参られたお役人だ。粗相のないようにな」

旅籠のあるじに向かって、三杉玄蕃が言った。

「へえ、承知で。なんぞあったんですけえの？」

実直そうなあるじが問うた。

「湊を出て西へ向かったところに天狗の鼻という難所がある。そこで大坂の塩廻船が襲われたのだ」

諸国廻りであることは告げずに、角之進は答えた。

「あっ、また出よりましたか」

あるじの顔色が曇った。

「また、ということは、以前からそういう噂があるのだな？」

それはすでに聞き及んでいるが、角之進は念を押すようにたずねた。

「へえ。ほいじゃけえ、ここいらの船は、日の暮れ方には天狗の鼻のほうへは向かいません。それでも……」

あるじはそこでいったん言葉を切った。

「船がいつの間にか流されて、天狗の鼻のほうへ向かって行ってしまったりするわけだな？」

すかさず湊奉行が言った。

「へえ、そうですけえのう。怖ろしいことで」

旅籠のあるじは首をすくめた。

宿には内湯もついていた。

湯にゆったり浸かりながらも、角之進は左近と入念に打ち合わせをした。

湯から上がると、夕餉になった。

鯛に鯵に眼張に鰈、活きのいい海の幸の刺身がこれでもかというくらいに供される。

ねぶとと呼ばれる天竺鯛のから揚げもなかなかの美味だった。

「蛸飯もうまいな」

角之進が箸を止めて笑みを浮かべた。

「身がやわらかく、生姜がよく効いている」

左近も満足げに言う。

「鞆の宿では箸が迷います」

同席している湊奉行も言った。

さらに、旅籠のあるじとおかみが料理と酒を運んできた。

鯛と海老の天麩羅だ。

「ちょっと変わった地のお酒もお持ちしましたんで」

おかみがにこやかに言った。

「保命酒だな？」

三杉玄蕃がにやりと笑った。

「へえ、そのとおりで。普通の酒もありますけえ」

あるじが徳利を差し出した。

「保命酒は普通ではないのだな？」

と、角之進。

「呑んでみたら分かりますけえ」

あるじがしたたるような笑みを浮かべた。

角之進は舌だめしをした。

「なるほど、薬用か」

角之進は得心のいった顔つきになった。

「身の養いになりそうだな」

続いて舌だめしをした左近が言う。

「毎日呑んでたら、長生き間違いなしですけえのう」

あるじは上機嫌で言った。

聞けば、保命酒には高麗人参、菊花、甘草（かんぞう）、丁子（ちょうじ）など、十六種類もの薬草が調合されているらしい。毎日呑んだら、間違いなく身の養いになるだろう。

「では、どうぞごゆっくり」

あまり長居をせぬように、おかみがさっと腰を上げた。

地の料理に舌鼓を打ちながら、その後は湊奉行と打ち合わせが続いた。

「天狗の鼻の界隈に海賊が出るというのは、いぶかしい話でな。降って湧いたように現れるわけではないから、陸にねぐらがなければおかしい。そのあたりは調べておらぬのか」

角之進は問うた。

「初めのうちは、あらぬものを見たのであろうと思いまして……その後、またしても天狗の鼻に怪しいものが出たということで、調べの船を出して調べてみたのですが、とりたてて何も」

湊奉行の答えは、いまひとつ煮えきらなかった。

「陸はくまなく調べておらぬのか」

諸国廻りがさらに問う。

「陸と申しましても、断崖や森もございまして、そうやすやすと岸へは下りられぬところも」

玄蕃はそう弁解した。

「そこにねぐらを構えているのだろうな」

左近がそう言って、湊奉行がついだ猪口の酒を呑み干した。

「おそらくは」

玄蕃がうなずく。

「このたび難に遭った大坂の廻船問屋もそうだが、ひとたび海賊が出て多くの者の命が奪われてしまえば、残された者の悲しみはひとしおだ。どうあっても、海賊の息の根を止めねばならぬ」

角之進は語気を強めた。

「かつての海賊はもはや影も形もありませんから、いま一つ半信半疑で」

湊奉行は大仰に首をひねった。

「むかし鳴らした村上水軍などは、毛利の手下になって久しいからな」

角之進がうなずく。

「この泰平の世に海賊とは、知らぬ者は冗談かと思うだろう」

左近が言った。

「江戸や大坂や京ならいざ知らず、日の本は広い。辺陬（へんすう）の地には、いかなる怪しきものが巣くっているか分からぬ。気を引き締めてかからねばな」

半ばは自戒をこめて、角之進は言った。

「では、海賊に遭遇したとき、諸国廻り様はどうするおつもりでしょうか。飛び道具の備えなどは？」

玄蕃が訊いた。

「われらが乗ってきたのは、ただの塩廻船だ。さような備えは持っておらぬ」

角之進は答えた。

「では、剣のみにて海賊に？」

湊奉行はあいまいな顔つきで問うた。

「ただの剣ではないぞ」

左近が答えた。

「われらは柳生新陰流の遣い手だ。新陰流の極意は森羅万象に通じている。幻術だろうが何だろうが、太刀打ちできぬものはない」

左近はそう豪語した。

「お見それいたしました。さりながら、鉄砲があったほうがよろしゅうございましょう。明日は手下を二人つけましょう」

湊奉行は言った。

「うむ」

角之進は腕組みをした。

「それはあったほうがいいぞ、角之進。敵はいかなる飛び道具を持っているか分からぬからな」

左近が言う。

「そうだな」

角之進は腕組みを解いた。

「では、頼む」

湊奉行に言う。

「承知いたしました」

玄蕃の表情がにわかに崩れた。

六

翌日――。

出航の支度が整った。

大坂へは瀬戸内の塩を運ぶが、その荷積みは帰りでいい。なるたけ身軽なまま、まずは海賊退治だ。

「では、朗報をお待ちしております」

見送りに来た湊奉行が言った。

「承知した」

やや硬い表情で、角之進は答えた。

「頼むぞ」

玄蕃は手下に声をかけた。

「はっ」

二人の手下の声がそろった。

どちらも大きな鉄砲を背負っている。

「ひとまず天狗の鼻を目指し、様子をうかがうことにしよう。何事もなければ、いったんここへ引き返す」

角之進は指を下に向けた。

「前に出たのは日の暮れがたでしたからな」

船頭の仁吉が言った。

「出るまで行ったりまひょ」

楫取の儀助が気の入った声で言った。

「天狗の鼻に着いたら、おれが挑発してやろう。腰抜けめ、臆したか、とな」

左近が陽気に言った。

「ならば、出航だ。弔い合戦が始まるぞ」

角之進が拳を握った。

「おう」

「やらいでか」

「敵討ちだ」

浪花屋の船乗りたちの顔つきが引き締まった。

「ご武運を」

福山藩の湊奉行が見守るなか、浪花屋の塩廻船は錨を上げた。

波止場がだいぶ小さくなったころ、鞆の湊から急いで駆け出す者の姿が見えた。

それを見て、角之進はゆっくりとうなずいた。

第四章　天狗の棲み処

一

　遠目には、森が続いているように見えた。

　鞆の浦を離れ、いくらか西へ進むと、漁師たちの住む小さな集落がいくつか見える。やがてそれが途切れると、深い森を戴く崖がひとしきり続く。

　濃い緑が波打ち際まで迫り出しているところもある。沖を通る船からは、人跡未踏の地が坦々と続いているように見える。

　近づくことは難しい。岸から沖に向かって離れていく、怖ろしい流れがあるからだ。

　いくらか離れたところにある漁師の集落では、固くこう戒められていた。

「いくら暑うとも、西に向かって泳いだらあかん。いつのまにか沖へ流されてしまうけえのう」

あるいは、嘘か真か、こんなこともささやかれていた。

「岬を回ったらあかん。あそこは魔物の棲み処じゃけえ」

漁師たちはそういった言い伝えを忠実に守っていた。

なかには血気盛んな者もいる。おれは泳ぎ達者だからと高をくって、西に向かって泳ぎ出した者もいくたりかいた。

だが……。

そのほとんどが生きて帰らなかった。ひとたび沖へ流されてしまったら、もういけない。泳いでも泳いでも岸は近づかない。そのうち力を使い果たし、体が動かなくなって溺れてしまう。

岬を回った船も然りだった。

そこはいかにもいい漁場のように思われる。しかも、だれも手をつけていない。網を投じ入れれば、海の幸が獲り放題だ。

しかし……。

帰らぬ船も多かった。

たとえ漁果は多くても、家へ持ち帰ることはできなかった。潮と波が逆らい、わが家へ戻ることを妨げるのだ。

なかには、人がすべて死に絶えた集落もあった。天狗の鼻に近い岬も、また古くからの魔所だった。

どうあっても夜に航海をせねばならない船がその近くを通りかかると、船乗りはたまさかあらぬものを見る。

鬼火だ。

岬を回ったあたりの海で非業の死を遂げた者たちのたましいが、いまだ鎮められずに夜ごとに光る。

そのさまを見てしまった船乗りのなかには、あまりの恐ろしさに折にふれてうなされる者もいた。

だが、それは鬼火であるとはかぎらなかった。実際に焚かれている火も、ときには見えた。

さらに……。

真に怖ろしいのは、鬼火ではなかった。

そこに隠れ棲んでいる者だった。

二

「そろそろまた天狗の出番ですかい、かしら」

悪相の手下が大徳利の酒をなみなみとついだ。

「鼻を伸ばしてやるか」

かしらはそう言うと、盃の酒をくいと呑んだ。

ただの盃ではない。

髑髏盃だ。

略奪行為を行い、暴虐のかぎりを尽くして殺めた者のむくろをさらに切り刻み、酒器などに変える。言語道断の悪行だった。

「獲物には事欠きませんからな」

腹心とも言うべき一の手下が言う。

「おれが念ずれば、潮すら動く」

かしらは唄うように言った。

逆立つ髪は無数の蛇が蠢いているかのようだ。いまは座って酒を呑んでいるが、ひとたび立ち上がれば六尺（約百八十センチ）豊かな偉丈夫だった。

「かしらはここいらの王でございますから」

手下がしたたるような笑みを浮かべる。

「おれは最後の海賊だからな」

かしらはうそぶいた。

「最後の、と言うより、甦（よみがえ）った海賊でございましょう」

手下が言った。

「日の本でわしらだけやけえ」

「むかしの海賊は毛利の手下になってしもたがのう」

ほかの手下の声が響く。

天然の要害のごとき洞窟だ。

崖に樹木がわさっと張り出し、入口を半ば隠している。たとえ沖合を船が通っても、まず感づかれることはない。

洞窟には驚くばかりの奥行きがあり、二艘（そう）の船をつないでおくことができた。さらに奥へ進めば、奪った財宝や食糧の隠し場所がある。海賊のねぐらにはうってつけの場所だった。

「昔の海賊は名ばかりで、通行手形などを出して稼いでおった。海賊だけで稼ぐ骨のあるやつはいくらもいなかっただろう」

かしらはそう言うと、髑髏盃の酒を呑み干した。

一の手下がすぐさま酒を注ぐ。気が短いかしらは、何か気に入らぬことがあると手下でも平気で殺めるから始末が悪い。

「いまはさらに腰抜けばかりですからな」

「かしらの爪の垢を煎じて呑ませにゃ」

手下たちが追従を言った。

「かつての海賊の末裔は、いまや毛利の船手組だからな。ただの小役人よ」

かしらは鼻で嗤った。

鈴懸と呼ばれる麻の修行着をまとい、肩からは結袈裟をかけている。うち見たところは修験者のようだが、神道の祝詞などにも通じていた。

名を大覚という。

さまざまな霊場で修行を積み、常人離れのした術を操れるようになった男だ。ある滝では、捨身成仏と紙一重の荒行を披露して度肝を抜いた。その滝の上から飛びこんで生き残ったのは、後にも先にも大覚だけだった。

その後は紆余曲折を経て山賊となったが、近在の衆に怖れられて充分に餌を調達することがかなわなくなった。そこで、船で自在に動ける海賊に転じ、手下とともに悪さを繰り返している鼻持ちならぬ男だった。

「かしらとは格が違いますからな」

一の手下がまた追従を言った。

「見えてるもんが違うけえ」

「使える術もな」

ほかの手下たちも和す。

「ん？」

大覚は髑髏盃を置き、洞窟の天井にちらりと目をやった。

「何ぞおりましょうか」

手下が問う。

「いや」

海賊のかしらはやおら立ち上がった。

敵かどうか、怪しい者が近づいている気配をいち早く察したのだ。

洞窟の中には、小さな神殿めいたところがあった。

蠟燭（ろうそく）の灯りが御神体をほのかに浮かびあがらせている。

それは、大きな水晶玉だった。

しめ縄が張られている神殿へ近づくと、大覚は祝詞を唱え、秘呪（ひじゅ）を結んだ。

常人が試みれば指が折れてしまうほど曲げ、梵字（ぼんじ）を象（かたど）る。

手下たちは静まった。

かしらが気を集めているときに邪魔をしたら、鞭（むち）で打たれるばかりでなく、下手（へた）をしたら殺められてしまう。

……われに像（すがた）を見せ給え。八百万（やおよろず）の神々たちよ。

海賊のかしらの目が赤く染まった。

常ならぬ力を発するとき、その瞳は赤く輝く。

……映し給え、映し給え、敵の像を映し給え。

大覚が気を集めると、水晶玉の曇りがゆるゆると晴れた。

くきやかになった御神体の中に、ある顔が浮かんだ。

海賊のかしらの表情が変わる。

「こやつか」

大覚は笑みを浮かべた。

水晶玉の中には、つるりとした顔の男が映っていた。

「命知らずめ」

嘲（あざけ）るように言うと、かしらは手下に指示を与えた。

三

草吉は道なき道を進んでいた。

岬を回るところは、ことに足もとが危うかった。通れるところがつながっているように見えても、風と波の浸食が激しく、行く手を不意に阻まれてしまう。さしもの忍びの者も、いくたびか後退を余儀なくされた。

草吉はときおり崖の上から海のほうを見やった。鬼が踏む飛び石のように、海原に島が点在している。そのあいだを、とりどりの帆を張った船が進んでいく。

角之進たちを乗せた浪花屋の船も目に留まった。丸に花、と帆に染め抜かれているから、遠くても目立つ。

天狗の鼻のほうへ向かい、怪しいものに遭遇しなければまた鞆の湊へ引き返す。海賊のねぐらが分かるまで、いくたびでも繰り返す。そういう段取りになっていた。

一方の草吉は陸を探る。何か手がかりをつかんだら、ふところに忍ばせた旗を振って船に知らせる。

岬は海沿いではなく、森を分けて進むことにした。樹木は密だが、落ちる気遣いはないし、進む距離も短くて済む。

猪に遭遇したが、背に負うた忍び刀で倒した。そのまま先へ進む。

ややあって、草吉は気配を感じた。

敵だ。

ねぐらは近い。

だが……。

いささかいぶかしいことに、敵の気配は一つところに定まってはいなかった。

ねぐらが近くにあるのなら、そこに気が蝟集しているはずだ。

にもかかわらず、敵の気配は分かれていた。

しまった……。

草吉は眉間にしわを寄せた。

いつのまにか、退路を断たれていた。

敵だ。

一人ではない。二人いる。挟み撃ちにされている。

「おるのは分かっとるけえ」

前の敵が声を発した。

抜刀したところだ。音で分かる。

「姿を見せい」

うしろの敵が叫ぶ。

草吉は肚（はら）をくくった。

かくなるうえは、戦うしかない。

崖の上のそのあたりには、背丈を超える樹木はなかった。低木の間（あわい）に身を潜めていた草吉はぬっと立ち上がった。

わざと無防備な姿を見せる。

前後の敵が間合いを詰めた。

風が吹く。

岬の崖に強い風が吹きつける。

普通の者なら立っていられないほどの風だ。

いまだ、と草吉は思った。

忍びの者は、ふところに忍ばせた手裏剣をつかんだ。

風を切り裂いて放つ。

「うぎゃっ」

前の敵が悲鳴をあげた。

手裏剣は、過(あやま)たず敵の額に命中していた。

草吉はすぐさま身をかがめた。

うしろの敵が横ざまに剣を振るってきたのだ。

間一髪だった。

気配を察してさっと身をかがめなければ、たちどころに首を刎(は)ね飛ばされていただろう。

敵は勢い余ってたたらを踏んだ。

草吉はようやくそこで抜刀した。

敵が向き直る。

立ち直るいとまを与えてはならない。

草吉は翔ぶがごとくに前へ身を躍らせた。

「ぐわっ」

忍びの剣が、真正面から敵を切り裂いた。両目を剝いたまま絶命した。

敵はそれきり声を発しなかった。

血ぶるいをする。低木のくすんだ緑に、時ならぬ赤い花が咲いた。

ふっ、と一つ、草吉は息をついた。

そして、沖のほうを見た。

四

「あれが天狗の鼻か」

角之進は指さした。

海の中から、にゅっとそれらしきものが突き出している。その岩礁の周りだけ白波が立っていた。

「へえ、そうだす」

船頭の仁吉が答えた。

その表情はかなり硬かった。

無理もない。前にこの界隈を通りかかったとき、怪しい出来事が起こり、仲間を四人も殺められてしまったのだ。

「見たところ、何の変哲もない岩のようだが」

左近が腕組みをして言った。

「日の暮れがたになったら変わりよります」

仁吉はいくらかふるえる声で言った。

「ひとまず戻って、また来るか」

角之進が言った。

「岸へは近づけぬのか」

左近が船頭に問う。

「流れがありますさかい。それに、天狗の鼻の下のほうは、目に見えん岩が張り出してますんで」

仁吉が答えた。

「うかつに近づいたら、船がやられてしまうのだな」

と、角之進。

「へえ、そのとおりで」

船頭がうなずいた。

「中段の玉（ぎょく）寄せにくし、か」

角之進は将棋の格言を口にした。

中段に浮遊しているがごとき玉はなかなかに寄せにくい。王は包みこむように寄せよ、という格言もあるが、どう包囲すれば詰みに導けるか、中段玉は将棋の名手の角之進でもときに悩まされることがあった。

「なら、いったん引き返しまひょ」

仁吉が言った。

「おう、そうしてくれ」

角之進が言うと、船頭はほっとしたような顔つきになった。

慎重に向きを変えて難所の天狗の鼻から遠ざかった頃合いで、いささか遅い昼餉（ひるげ）になった。

宿でこしらえてもらった握り飯だ。

「いりこがうまいな」

食すなり、角之進が言った。

「瀬戸内のいりこは、ことのほか美味ですよってに」

楫取の儀助が笑みを浮かべた。

鞆の湊から乗りこんだ二人の鉄砲撃ちも、黙々と握り飯を平らげている。

「次はいよいよ日の暮れがただな」

大ぶりな握り飯を三つ食べ終えた角之進が言った。

「先ほどとは違うたたずまいになっているやもしれぬ」

左近が引き締まった顔つきで答えた。

「敵討ちに来たんやさかい。……待っててや」

仁吉が腰の根付けを握った。

どうやら丑松の遺品のようだ。

この塩廻船に乗りこんでいるのは生きている者ばかりではない。非業の死を遂げた者のたましいも同乗しているように思われた。

「次は決戦になるやもしれぬ。頼むぞ」

角之進は二人の鉄砲撃ちに言った。

「……へい」

「承知で」

湊奉行の配下の者たちは、ちらりと顔を見合わせてから答えた。

五

「たわけがっ」

海賊のかしらの目が赤く染まった。

「やられておりましただと？　二人もおって、むざむざとやられよったのか」

大覚はぎろりと目を剝いた。

「は、はい、しゅ、手裏剣と刀で」

様子を見に行ってからあわてて帰ってきた手下は、うろたえながら答えた。

「手裏剣と言うと、敵は忍びか？」

一の手下が問う。

「は、はい……いや、さあ」

要領を得ない答えをすると、手下は首をひねった。

「いったいどっちだ。馬鹿たれ」

大覚の鞭がうなった。

手下の首筋をぴしっと打つ。

「い、命だけは、おおおおお助けを」

手下は必死に哀願した。

その情けないしぐさは、かえってかしらに火をつけた。

弱い者は心ゆくまで責め苛(さいな)むのが大覚という男だ。

滝から身を投げる荒行をしても、いささかも徳は生まれなかった。むしろ、増上慢に陥り、人を人とも思わなくなった。天狗の鼻の近くにねぐらを構える海賊のかしらは、まさしく天狗のごとき悪党だった。

「よし、助けてやろう」

大覚は手下の襟首をむんずとつかんで立ち上がらせた。

かっと目を見開く。

手下の双眸(そうぼう)に恐怖の色が浮かんだ。

「おれの目を見ろ」

かしらの瞳が赤く染まった。

刺すような光が放たれる。

ほどなく、手下の目つきが変わった。

「ははは、はははは……」

何かが外れたような笑いが響いた。

あまりの恐ろしさに、気がふれてしまったのだ。

「うるさい」

大覚は一喝した。

そして、首に手をかけると、思い切りねじった。

ぼきり、と骨が折れる音がした。

へなへなと頽れた手下の心の臓を、さらに剣で突き刺す。それでたちどころにおとなしくなった。

「魚のえさにしてやれ」

かしらは吐き捨てるように言った。

洞窟の中は静まり返っていた。

手下たちの表情はみなこわばっていた。

六

浪花屋の塩廻船は再び天狗の鼻に向かった。

日はだんだんに移ろい、西のほうへ傾いている。そろそろ牙を剝く時分だ。

「ほかに船影はないな」

角之進は額に手をかざして言った。

「剣呑だということが分かっているからだろう」

左近が腕組みをする。

「みな、日の暮れがたに天狗の鼻には近づきまへん」

船頭の仁吉が言った。

「近づきたくなくても、潮の流れで近づいてしまうわけだな」

と、角之進。

「ほんまに潮の流れなのかどうか、分かりまへんけどな」

仁吉がいくらかおびえた顔つきで答えた。

「まさか海賊でも、潮の流れまでは操れまい」

左近がそう言って腕組みを解いた。

そのとき、船乗りの一人が大きな声をあげた。

「あっ、だれか旗振ってますで」

陸のほうを指さして教える。

「ん？　旗やて？」

仁吉がけげんそうな顔つきになった。

「ほんまや。赤い旗振ってる」

楫取の儀助も気づいた。

「草吉だ」

角之進は目を凝らした。

間違いない。

崖の上に人影が見えた。しきりに赤い旗を振っている。

豆粒ほどの大きさだが、たしかに見えた。草吉に違いない。

「おーい……」

角之進は精一杯の声を発した。

「ねぐらが見つかったのか？」

崖に向かって叫ぶ。

「さすがに聞こえまい」

左近が言った。

ならばとばかりに、角之進は両手を振った。

崖の上の人影に向かって気を送るかのように、しばし懸命に振った。


その姿は草吉にも見えた。

おのれも旗を振り返す。

船が行き過ぎていく。

その行く手には、怪しいたたずまいの天狗の鼻があった。

草吉は手の動きを止め、海に目を凝らした。

潮の流れがはっきりと見えた。

それぱかりではない。随所で渦を巻いている。

天狗の鼻のあたりでは、白波が高くなっていた。これからますます荒れるだろう。

どうかご無事で……。

遠ざかる船に向かって念を送ると、草吉は身をかがめ、風に抗（あらが）って歩きはじめた。

敵のねぐらは近い。
場所を突き止め、若さまに加勢をせねばならない。
忍びの者は足を速めた。

第五章　黒旗の海賊

一

その洞窟にたどり着くには、かなりの難儀を覚悟せねばならない。

洞窟から船を出すことは容易だが、帰りは潮の流れが逆になる。沖から洞窟へ戻るには、艪(ろ)だけでは足りない。乗組員たちも長い櫂(かい)を用い、声を合わせて漕(こ)がなければならなかった。

よって、小人数の船だけで洞窟に到達するのは至難だ。仮に洞窟の入口に近づいたとしても、たちまち攻められてしまうだろう。

岬を回ったところまでは、どうにか陸路をたどることができる。

崖を下りる危うい路を進むと、小舟がひそかに繋留(けいりゅう)されている。天然の小さな湊(みなと)

めいたかたちになっている場所だ。舟は岩陰に潜んでいるから、沖からはまったく見えない。

その小舟を用いれば、わりかた楽に洞窟に至ることができる。潮に流されない岸沿いを進めるからだ。

外から何らかの知らせを携えてきた者は、洞窟の入口で符牒となる言葉を発する。

「天狗！」

ややあって、答えが返る。

「鼻！」

その符牒が合ってはじめて洞窟に入ることを許される。

かしらの大覚が手下を殺めてほどなく、洞窟に符牒が響いた。

現れたのは使者だった。海賊に知らせをもたらしたのだ。

「諸国廻りだと？」

かしらの顔がわずかにゆがんだ。

「はい。飛川角之進という名で」

使者は伝えた。

「ただ見廻るだけか？」

大覚は問うた。

「いえ、諸国悪党取締出役というのが正式な名で、諸国の悪党を取り締まっているのだとか」

と、使者。

「ほほう」

海賊のかしらはあごに手をやった。

「このおれを取り締まるつもりか」

鼻で嗤（わら）う。

「前にかしらが襲った浪花屋（なにわや）という大坂の廻船（かいせん）問屋の船がこちらに向かっています。どうやら弔（とむら）い合戦のつもりのようで」

使者がそう伝えると、洞窟のほうぼうから笑いがわいた。

「身の程知らずじゃけえ」

「返り討ちにしたるまでよ」

声が響く。

「飛んで火に入る夏の虫よ」

大覚は指を鳴らした。

厳しい修行を積んできた手の指は、みな鉤爪のようになっていた。

「ひねりつぶしますか」

一の手下が水を向けた。

「荷は積んでいるのか」

大覚は使者にたずねた。

「弔い合戦なので、めぼしいものは積んでいないようです」

使者は答えた。

「なら、嬲るだけですかい」

「野郎ばっかりじゃつまらんが」

手下がさえずる。

「相手は諸国廻りとやらだ。実入りがなくとも我慢してやろう」

海賊のかしらはうそぶいた。

洞窟の奥から、か細い泣き声が響いてきた。

海賊に拉致され、ここに囚われている娘たちだ。

意のままにならなければ、暴虐のかぎりを尽くして、終いには魚の餌にしてしまう。

まことにもって言語道断の所業だ。

「では、返り討ちに」

使者が訊いた。

「おう。ここいらで大きな顔はさせねえ」

大覚はひざを手でたたいた。

「おれらの縄張りじゃけえ」

「諸国廻りの国に入っとらんのじゃ」

「ここいらは天狗国じゃけえのう」

手下たちが気勢を上げた。

「よし、ものども、出陣だ。船を出せ」

海賊のかしらは、洞窟じゅうに響きわたる声で告げた。

「おう」

手下たちの声が割れんばかりに響いた。

二

「だいぶ荒れてきたな」

角之進が言った。

「大丈夫ですかい、飛川さま」

仁吉が気遣って問う。

「ああ。こう見えても水練は得意だからな」

角之進は抜き手を切るしぐさをした。

「なら、船酔いは平気ですな」

船頭が笑みを浮かべる。

「かつては荒波を泳ぐ稽古も積んだので」

角之進は白い歯を見せた。

「おれも水練は得手なほうだが、こやつには敵わぬ」

左近が角之進を指さす。

「さようでしたか。なら、船が沈んでも大丈夫で」

と、仁吉。

「そら、験が悪いで、船頭はん」

すかさず儀助が言った。

「そやな。悪い悪い」

仁吉は素直に謝った。

しばらく進むと、うねりがいちだんと激しくなってきた。

先ほどから雲が出ていたのだが、にわかに晴れて日の光が差しこんできた。

ただし、さわやかな海光にはほど遠かった。妙に赤みを帯びた嫌な光だ。

「草吉はどうしたかな」

左近は後方の岸辺を見やった。

すでに岬を通り過ぎ、天狗の鼻に近づいている。崖の上で振られていた赤い旗はもう見えなかった。

「あやつのことだ。何か手立てを見つけているだろう」

角之進は言った。

知られざる御落胤である角之進を見張っていたころからの長い付き合いだ。離れていてもおおよそのことは分かる。

「渦、巻いてるで。気ィつけや」

梶取の儀助が声を張りあげた。

「へい」

「落ちんようにせな」

水主(かこ)たちが答える。

角之進はいくらか目を細くした。

逆光がまぶしかったのだ。

鳥影(ちょうえい)が見えた。遠近(おちこち)を白い海鳥が飛んでいる。大海原のなかに羽を休めるところがあるのだろう。

そう思いながらながめていると、行く手に怪しい影が見えた。

「あれや」

船頭が指さす。

荒れた海の中から、天狗の鼻のような岩が突き出していた。

三

「よし、漕ぎ出せ」

大覚が命じた。

「おう」

「潮に乗せるけえ」

手下たちが櫂を動かす。
一つ、二つと波を越えると、海賊の船は潮に乗った。
風に旗が揺れている。
源氏の白でも、平家の赤でもない。
黒一色の旗だ。
ただし、よく目を凝らすと、ところどころが赤黒く染まっていた。
海賊の毒牙にかかった犠牲者たちの血だ。
海鳥が舞う。
そのゆくえを目で追っていた大覚は、やにわに両手を上に突き上げた。
魁偉（かいい）な鉤爪のごとき十本の指をいっぱいに開き、天に向かってかざす。
「われに力を」
大覚はよく通る声を発した。
「四大（しだい）の力をわれに与えよ」
天が割れるかのような声だ。
行く手に小さく、怪しい岩が見えた。
天狗の鼻だ。

以前はもっと太く厚みのある岩だったのだが、打ち寄せる激しい波で徐々に砕かれていまの形になった。

その姿を視野にとらえると、海賊のかしらは両手の指を組み合わせて印を結んだ。闇なる力を意味する梵字をかたどる。折れそうなほど指が曲がっても、大覚は顔色一つ変えなかった。

鳥が舞う。

その鳴き声に覆いかぶさるように、面妖な声が響きはじめた。

高天原に神留坐す
皇親神漏岐神漏美の命以て……

「大祓詞」だ。

古くから伝わる由緒正しき祝詞を、海賊のかしらは唱えはじめた。

天の益人等が
過犯けむ雑々の罪事は

天津罪と
…………
串刺
生剝
逆剝

血なまぐさいくだりを含む祝詞が響く。
海賊のかしらは、祝詞を唱えながら両目をかっと見開いた。
血走った目が赤く染まる。
その目が鳥を鋭く見据える。
海鳥の動きがにわかに怪しくなった。
必死に羽ばたこうとするが、思うように飛べない。
悲鳴に似た声が放たれた。
なすすべもなく、鳥は天狗の鼻のほうへ引き寄せられた。
そして、激しくたたきつけられて死んだ。

四

「飛川さま、あれを」

仁吉が鋭く指さした。

岸のほうから天狗の鼻へ、近づいてくる船の姿が見えた。

「あいつらや」

「来よったで」

水主たちが色めき立つ。

角之進は前方に目を凝らした。

海賊の船の黒い旗が小さく見えた。

そのとき……。

声が聞こえた。

人の声ではない。しきりに囀(さえず)っているのは、鳥だった。

しかも、尋常な鳥の鳴き声ではなかった。まるで鳥が人語をしゃべっているかのようだ。

「あの鳴き声や」

儀助が声をあげた。

「また出よった。出よったで」

引き攣った顔で叫ぶ。

「落ち着け」

角之進は一喝した。

「うろたえるな。われらがついておる」

左近が胸をたたいた。

面妖な囀りはさらに高まった。

渦巻くように響き、耳朶を打つ。

天狗の鼻が近づく。しだいに引き寄せられていく。

「あかん。耳から離れへん」

儀助が耳を押さえた。

「落ち着け」

角之進は重ねて言った。

そして、ぐっと気を集中させた。

将棋の詰み筋を見極めようとするとき、あるいは、剣術の相手に隙を探すとき、角之進は常にそうしてきた。

気を集中させれば、だしぬけに雲間が切れ、澄明な光が差しこんでくる。その光に照らされれば、世は正しい像(すがた)になる。

角之進は瞬きをした。

船が見える。

黒い旗を立てた海賊の船が見える。

その舳先(へさき)に立っているのは、抜きん出た上背のある偉丈夫だ。

額に黒いものが見える。

おそらくは、修験者が用いる頭襟(ときん)だろう。

その一点を凝視したとき、鳥の囀りのような声の正体が分かった。

角之進はやにわに右手を挙げた。

五

同じころ――。

草吉は沖を見ていた。

海賊たちの船は洞窟から離れた。それを確認してから、草吉は小舟を洞窟に漕ぎ入れた。

繋ぐところは分かった。見張りはいない。

草吉は息を殺し、奥へ進んでいった。

奥のほうから、啜り泣く声が響いてくる。だれか囚われの者がいるのだろう。

次の刹那、草吉はふところに手をやった。

敵の気配を察したのだ。

とっさに身をかがめる。敵が横ざまに振るった剣は虚空を切った。

草吉は足場をたしかめた。

さっとうしろへ跳び退り、間合いを取る。

そして、手裏剣を取り出すと、狙いを定めて鋭く打った。

「ぎゃっ」

海賊の手下は短い悲鳴を発した。

草吉は抜刀した。

忍び刀を振り下ろし、とどめを刺す。今度は悲鳴も響かなかった。

むくろを蹴り、さらに奥へ進む。

洞窟がいくらか細くなっているところがあった。

草吉は足もとの石を拾って投げた。

それに釣られて、潜んでいた敵が姿を現した。

いまだ。

一瞬の隙を逃さず、草吉は前へ踏みこんだ。

忍び刀が敵の眉間をとらえる。

二人目の見張り役もたちどころに斃れた。

さらに奥へ進む。

啜り泣く声が止み、代わりに声が放たれた。

「だれか……助けて」

娘の声だ。

「見張りはいるか」

草吉は問うた。

「いません。牢に閉じこめられてます」

「助けて」

声が重なって響いてきた。

一人ではない。

草吉は慎重に奥へ進んだ。

娘の言葉に嘘はなかった。見張りはいない。

牢には錠が掛かっていた。中に囚われていたのは二人の娘だった。これくらいなら小舟に乗せて逃げることができる。

忍びの力をもってすれば、錠を破るのは容易だった。

牢を破ると、二人の娘がふるえながら飛びついてきた。よほど心細かったのだろう。

「もう大丈夫だ。逃げるぞ」

草吉のまなざしに力がこもった。

六

天津祝詞(あまつのりと)の太祝詞事(ふとのりとこと)を宣(の)れ……

大覚の祝詞はそこで聞こえなくなった。

だが……。

それでも唇は小刻みに動いていた。

「天津祝詞の太祝詞事」をここで密唱するのが通常の祝詞だ。言葉として聞き取れないほど小さな声で唱えることを密唱と言う。

人が発したとは思われない、鳥の囀りに似た声が行者の口から放たれた。

しかし……。

それは天津祝詞の太祝詞事ではなかった。

あまりの恐ろしさに名を記すこともできない呪文だった。

ぴちゃぴちゃ、ぺやぺや、ぴちゃぴちゃ……

世を呪う言葉が小声で間断なく放たれる。

指は秘呪（ひじゅ）を結んでいた。

そこから先に結界を張るのだ。

結界を通った言葉は増幅される。鳥の囀りに似た声は高まり、四方へ投網（とあみ）のように放たれていく。

その結界に包まれてしまうと、もういけない。身の動きはにわかに緩慢になり、頭の働きも鈍くなってしまう。

そういう下地ができてしまえば、あとは思うがままだ。

人はあらぬものを見て、なすすべもなく略奪されて殺められる。

秘呪の形が変わった。

「海に潜(ひそ)める、天狗よ聞け」

大覚は大音声を発した。

「天狗よ目覚めよ。その誉れの鼻を存分に伸ばし、敵を一掃せよ」

その声に応えて、天狗の鼻が変容した。

荒波に打たれていた奇怪な形の岩が、堪忍袋の緒を切ったように膨張し、その影がだしぬけに離れた。

嘯りが高まる。

天狗の鼻を取り巻く荒れ狂う海域に、それは耳を聾(ろう)せんばかりに響きわたった。

七

「うわっ、出よった」

儀助が声をあげた。

「天狗の鼻や。天狗の鼻が伸びてきよった」

斜め前方を指さして叫ぶ。

「落ち着け」

角之進は両手を広げた。

「まやかしだ。しっかりしろ」

左近も叱咤する。

「あの時と一緒や」

仁吉が目を見開いた。

面妖な鳥の囀りが響きわたったかと思うと、天狗の鼻がにゅっと伸び、海賊が襲ってきたのだ。同じ悪夢が繰り返されようとしている。

だが……。

このたびは違った。
浪花屋の塩廻船には、諸国廻りが乗りこんでいた。
両手を広げたまま、角之進は前方を見据えた。
将棋になぞらえれば、盤面を広く見渡そうとした。
にわかに乱戦の様相を呈してきた。
鳥の囀りめいたものが響き、天狗の鼻が変容し、海賊の船が近づきつつある。
そういった錯綜（さくそう）した局面でも、必ず最善手はある。
盤上この一手、という指し手がある。
古今無双の将棋の名手だった角之進は、ぐっと気を集めてその手を探した。
海賊の船が近づく。
ほどなく、見えた。
首領とおぼしい偉丈夫が両手の指で印を結び、しきりに何か唱えている。
あれだ。
すべての淵源は、あやつのあの動きにある。
角之進は読み切った。
「囀っているのは、鳥ではない」

諸国廻りはそう喝破した。

「海賊の首領、よく聞け」

角之進は大声を発した。

「うぬのまやかし、この飛川角之進には通じぬ。観念せよ」

そう言い放つと、潮が干くように囀りがにわかに静まった。

両手で耳を覆っていた者たちが恐る恐る放す。

「あっ、岩が」

儀助が指さした。

ひとたびはにゅっと伸びて襲ってくるように見えた天狗の鼻が旧に復したのだ。

「鉄砲、構えよ」

角之進はかさにかかって攻めようとした。

海賊のかしらさえ斃せば、手下どもは恐るるに足りない。

二隻の船の間合いがさらに詰まった。

「はははははは」

首領の哄笑(こうしょう)が響いてきた。

「何がおかしい。うぬの幻術は見切っておるぞ」

角之進は傲然と言い放った。
だが……。
海賊のかしらは動じなかった。
やにわに右手を挙げ、浪花屋の塩廻船のほうを指さし、こう命じた。
「撃て」
大覚は言った。
角之進が振り向く。
二挺の鉄砲の銃口は、諸国廻りのほうを向いていた。

第六章　死闘

一

「角之進！」

左近が叫んだ。

次の刹那（せつな）――。

角之進はとっさに横へ飛んだ。

まるで飛車のような動きだった。

銃声が響く。

弾（たま）は小鬢（こびん）をかすめていった。

「おのれっ」

体勢を整え直すと、角之進は寝返った撃ち手に向かって突進していった。

今度は角の動きだ。

次の弾が放たれる。

これは耳元をかすめた。

「当たらぬ」

角之進は間合いを詰めた。

次の弾をこめるいとまはなかった。諸国廻りは抜刀し、まず一人目を袈裟懸けに斬って捨てた。

「ひ、ひえっ」

二人目が背を向けた。

しかし、退路はどこにもなかった。荒れた海だけが待ち受けていた。

「鞆まで泳いで戻れ」

そう言うなり、角之進は海賊の手下だった撃ち手の背を思うさま蹴った。

寝返った男は、妙な恰好で海中へと落下していった。

「あっちへ行け」

「敵討ちだ」

「泳いで帰れ」

水主たちが長い櫂や棒でたたく。

泳ぎの心得はないらしい撃ち手は、しばらくあっぷあっぷしていたが、やがて波に呑まれて見えなくなった。

二

「小癪な」

大覚の顔がゆがんだ。

「かしらっ」

「どうします?」

手下たちが問う。

「おれの力を見せてやるだけよ」

そううそぶくと、大覚は両手の指を鳴らした。

そして、またやおら面妖な印を結んだ。

四大の力をわれに与えよ。
われは唯一にして全なる者なり。
森羅万象を操るわれは、まぼろしをも自在に生む。
見よ！

大覚の双眸が、かっと見開かれた。
その瞳は、全きまでに赤く染まっていた。
天狗よ、再び目覚めよ。
海よ、目覚めよ。
あまたの矢となって、あの船を襲え。
海賊のかしらは口をいっぱいに開けた。
「喝！」
声が轟きわたった。

「と、飛川さま」

仁吉が切迫した声をあげた。

一難は去ったが、すぐさま次の一難が襲ってきた。

天狗の鼻に打ち寄せて砕け散る波がひときわ激しくなったかと思うと、あまたの矢となって飛んできたのだ。

「うろたえるな」

抜刀したまま、角之進は叱咤した。

飛んできた矢を打ち払ったが、乾いた音は響かなかった。通常の矢ではない。

「こけおどしだ。ひるむな」

左近も剣を振るいながら言う。

だが、船乗りたちはすっかり狼狽してしまった。それぞれの持ち場を離れ、右往左往する者も出た。

そのせいで、船の制御が利かなくなった。

天狗の鼻のほうへ引き寄せられていく。

海賊の船との間合いがさらに詰まった。

もはや目睫の間だ。

角之進は敵を見据えた。

矢が飛んでくる。

「当たらぬ」

角之進は一言（いちごん）で斬って捨てた。

「邪（よこしま）なる海賊よ。うぬが妖術など児戯（じぎ）に等しい。この諸国廻りには当たらぬ」

角之進は剣の刃先を敵に向けた。

海賊のかしらの表情が、初めてはっきりと見えた。

それは憤怒（ふんぬ）で大きくゆがんでいた。

三

同じころ――。

草吉が操る小舟は、岸辺に着いた。

ここからは崖を上り、陸路をたどることができる。

「どうだ、逃げられるか」

草吉は二人の娘に問うた。

「はい」

「道がほかにないのなら」

娘たちはしっかりした声で答えた。

「よし」

と、一歩を踏み出しかけた草吉は、ふと沖のほうを見た。

そこから天狗の鼻は見えない。

岬を回り、再び洞窟のほうへ向かって沖へ漕ぎ出さなければ、難所にたどり着くことはできない。

だが……。

そこはかとなく気配が伝わってきた。

若さまの危機だ。

忍びの者はかそけき気配を鋭敏にとらえた。

草吉は意を決した。

「ここで待つことはできるか」

娘たちに問う。

二人の娘は互いに顔を見合わせた。

「味方が沖で海賊と戦っている。加勢に行かねばならぬ」

草吉はそう告げた。

「ここでじっとしていればいいんですね？」

一人の娘がたずねた。

「そうだ。敵の見張りはここには来ない。必ず助けに来るから」

草吉はきっぱりと言った。

「分かりました。待っています」

もう一人の娘が答えた。

「すまぬ」

短く言うと、草吉は再び小舟に乗り移った。

四

「うわっ」

水主（かこ）の一人が倒れた。

横波が襲い、船が激しく揺れたからだ。

「落ちんようにしろ」

船頭が声を張りあげた。

「気をつけろ」

角之進も叫ぶ。

海賊の船から塩廻船のほうへ、縄のついた鳶口のようなものが放たれてきた。

がしっと甲板に食いこむ。

二隻の船の間合いがさらに詰まった。

いま一度ひときわ激しく揺れたかと思うと、がんっと鈍い音が響いた。

海賊の船が横付けにされたのだ。

天狗の鼻が見下ろす海域で、もろともに波に揺られる。

「伏せろ」

左近が叫んだ。

敵の船にも鉄砲の撃ち手がいた。

「ひえっ」

水主が腰を抜かす。

弾はすぐそばをかすめていった。

矢も放たれた。

しかし、海賊たちの船も揺れている。弓の狙いが定まらず、帆のほうへ大きくそれた。

「たわけがっ」

海賊のかしらが一喝した。

「どいつもこいつも、役立たずめが」

船の上で仁王立ちになった大覚(だいがく)が、手下たちを睨(ね)めつけて言った。

「おれがやる」

かしらの瞳がまたしても赤く染まった。

その眼光が、一人の男をとらえた。

「うぬが諸国廻りか」

大覚の結袈裟が揺れた。

「ここはわが縄張りだ。立ち去れ」

海賊のかしらは、敵の船に立つ男に向かって鋭く言い放った。

五

「われこそは、諸国悪党取締出役、飛川角之進なり」

角之進は昂然と胸を張って告げた。

「廻船問屋浪花屋の塩廻船を襲って四人を殺めるなど、この地にて暴虐のかぎりを尽くせる海賊、その所業、まことにもって許しがたし。よって……」

角之進は刀を構えた。

「成敗いたす」

諸国廻りは船べりに足をかけた。

「飛川さま、お気をつけて」

仁吉が声をかける。

縄でからくも繋がれているとはいえ、二隻の船はもろともに波に揺られている。そのあいだが広がってはまた狭まる。うかつに跳ぼうとしたら海中に落ちかねない。

「ほざくな」

海賊のかしらは鼻で嗤った。

「冥土の土産に教えてやろう」

大覚は角之進に指を突きつけた。

「おれは大覚。修験者のなりをしているが、祝詞も経典も頭に入っている。捨身成仏の滝に身を投じてただ一人生き残った不死身だ」

海賊のかしらはそこで抜刀した。

長い刀だ。

西に傾き、赤みを帯びた光がその刃先に宿る。

「ここいらは、おれらの縄張りだ。諸国廻りとやらの力は及ばぬ」

大覚の声に力がこもった。

「及ぼしてみせよう。覚悟せよ」

角之進は少し身を乗り出した。

「後悔するな」

そう言うなり、大覚は長い刀を振り上げた。

しかし……。

ある一定の構えを取ったのではなかった。

海賊の刀は動きつづけていた。

円を描く。
大覚は立ち位置を変えた。
うしろにも目がついているかのような動きだ。
「ふふふ……」
刀を動かしながら、大覚は嗤った。
すべてを見切っているかのような、厭な嗤いだ。
角之進は瞬きをした。
海賊の大刀が円を描く。
その弧の中に、天狗の鼻が完全に入った。
西日を浴びて、天狗の鼻が輝く。
と見る間に、変容が始まった。
大覚が手にした刀は一本ではなかった。
一本が二本に……やがて十本になった。
さらに速度を増す。
「うっ」
角之進はうめいた。

敵の船に立っているのは、もはやただの海賊のかしらではなかった。

それは、千手観音のごとき姿と化していた。

六

「諸国廻り、敗れたり！」

大覚の声が轟きわたった。

「かしら」

一の手下が声をかけた。

手下たちをどう動かすか、指示を仰ごうとしたのだ。

「うるさい」

大覚は一喝した。

「黙っておれ。いま気を集めておる」

「はっ」

一の手下はすぐさま引き下がった。

海賊の船には十人ほどの手下が乗りこんでいた。

塩廻船の船乗りなどの素人衆なら蹂躙(じゅうりん)できるが、かしらのような幻術は使えない。剣の達人もいない。膂力(りょりょく)にあふれているわけでもない。一騎当千と見受けられる諸国廻りに立ち向かうには、飛び道具を除けばかしら自らが乗り出していくしかなかった。

われは森羅万象の王なり。
わが剣は無数に殖える。

ゆるゆると剣を回しながら、大覚は言った。
西日が強くなる。
剣が描く弧が赤く染まった。

われは海賊。
時を超えて甦(よみがえ)りしもの。
わが前に敵なし。

大覚の嗤いがいっそう高まった。

七

「角之進！」

左近が叫んだ。

長年の付き合いだ。以心伝心で伝わってくるものがある。

友の危機だ。

その声を聴いて、角之進は我に返った。

いかん、と思った。

海賊のかしらの刀が変容し、百本、いや、千本の刀となっていままさに振り下ろされてくる。

そんな場面に遭遇して、すっかり身が固まってしまった。

これではいけない。

角之進は瞬時にそう悟った。

身のどこかに余裕をつくり、敵の攻撃を間一髪でいなして打ち返す。

それが柳生新陰流の極意の一つだ。

ひざをえます、という新陰流独特の用語がある。

あるいは、笑ます、という字を当てるのかもしれない。

ひざをえまし、わずかな余裕を持っていれば、そこから反撃する力が生まれる。ひざをえますことによって、力を溜(た)めることができるのだ。

そのわずかな余裕が明暗を分ける。ひざを硬直させてしまえば、敵の剣を受けるだけで精一杯だ。

もう一つ、剣は「龍(たつ)の口を開く」ように握るという言い回しもあった。

ぎゅっと力をこめ、固く握ってはいけない。ここでも余裕を持ち、わずかに力を余しておけば、敵の動きにいかようにも対応できる。

角之進はひざをえまし、剣を持つ手から無駄な力を抜いた。

それとともに、一点に気を集めた。

かつて新陰流の道場に、他流試合を挑みに来た剣士がいた。

無双一点流(むそういってんりゅう)の剣士だ。

臍下丹田(せいかたんでん)に力をこめるのはどの剣法にも通じる極意だが、その秘蔵のツボのわずか下に、隠された一点がある。

臍下丹田は小なりといえども面積を持っているが、極小の一点にはない。もうそれ以上は小さくできない極小の点だ。

その一点を想え。

無双一点流の達人はそう教えた。

世の究極の礎（いしずえ）とも言うべき極小の一点を目覚めさせれば、目に映るすべてのものは正しく定まる。

角之進はそう教わった。

千手観音と見まがうがごとき、海賊の無数の刀。

その怖ろしい剣に襲われたとき、角之進はひざをえまして一点を想った。

一瞬の遅れが命取りになる。

そんなときに、あえて敵を呼びこむような動きをしたのだ。

「諸国廻り、覚悟せよ！」

そう叫ぶや、海賊のかしらは船べりから跳んだ。

「キエーイ！」

化鳥（けちょう）のような気合の声を発しながら、大上段から振り下ろす。

千本の剣が同時に勢いよく振り下ろされてきたかのようだった。

だが……。
角之進は危ういところで一点を目覚めさせていた。
瞬きをする。
視野は正しく定まった。
「ぬんっ」
渾身の力をこめて、角之進は大刀を受けた。
まぼろしの千本は、一本に定まっていた。
火花が散る。
押し返す。
大覚と角之進は、塩廻船の上でしばしもみ合った。
そのとき……。
船が激しく横に揺れた。
大波が押し寄せたのだ。
「角之進！」
再び、左近が叫んだ。
諸国廻りと海賊のかしらは、もろともに船から海中へと落下していった。

八

たちどころに水を呑んだ。

塩辛い海の水だ。

逃れようとしたが、そうはいかなかった。

大覚の鉤爪のような指が、がしっと首筋に食いこんでいた。

息ができない。

敵も必死の形相（ぎょうそう）だ。

角之進は刀を離した。

武士の魂だが、水中では振るえない。右手を使って振りほどかねば、このまま沈められてしまう。

しかし……。

敵の力は途方もなかった。いっかな離れない。

角之進は必死に立ち泳ぎをした。

水練で鍛えた巻き足だ。

だが、そうこうしているうちにも、力は着実に失われていった。

さらに水を呑む。

意識がふっと遠のいた。

ああ、死ぬのか。

おれはここで死ぬのか……。

角之進はそう思った。

さまざまなことが頭の中を駆け巡った。

おみつと知り合った湯屋の番台や、御城将棋の将棋の詰むや詰まざるやの局面や、団子坂のあまから屋の二色に染め分けたのれんなどが、まぼろしのように頭をよぎっては消えていった。

なつかしい人たちの顔も次々に浮かんだ。

産みの母ではないのに、いつも愛情を注ぎ、あたたかく見守ってくれた母の布津。

そして、恋女房のおみつに一粒種の王之進……。

その顔が脳裏に浮かんだとき、角之進の心をほぼ領していた諦念が消えた。

死ねぬ。

こんなところでは死ねぬ……。

角之進はわずかに残った力を奮い立たせた。

僥倖(ぎょうこう)にも、脇差に手がかかった。

抜く。

それだけが命綱だった。

蠟燭の炎が消える間際の最後の輝きに似たその力を振り絞り、角之進は敵の腹に突き刺した。

手ごたえがあった。

首に食いこんでいた敵の指の力が弱まった。

角之進はもがいた。

絶命寸前の淵(ふち)から、懸命に這(は)い上がろうとした。

敵の体が離れた。

両目を瞠(みは)り、足を回し、腕を動かす。

そのうち、うねりが来た。

角之進は海面に顔を出し、からくも息を継いだ。

空っぽになっていた肺の腑に、恵みの気が流れこんだ。

九

「飛川さま!」

船から声が飛んだ。

仁吉だ。

角之進は二度、三度と息を継いだ。

まだあっぷあっぷの状態だった。

頭が痛むし、目もちかちかする。

「大丈夫か、角之進」

今度は左近の声が響いた。

塩廻船はだいぶ遠くになっていた。いつのまにか潮に流されてしまったらしい。

返事をしようと思ったが、声が出なかった。

いくらか離れたところに、頭が一つ浮いていた。

海賊のかしらだ。

手負いの大覚は顔をゆがめ、手を動かしながら波間に漂っていた。

「かしらっ」

今度は海賊の船から声が飛んだ。

二隻の船は、相変わらずつかず離れずで波に揺られている。

「撃て」

大覚は短く命じた。

それに応えて、鉄砲組が船べりに姿を現し、狙いを定めた。

角之進は身を翻(ひるがえ)して泳ぎだした。

続けざまに銃声が響いた。

しかし、波に揺られる的に命中させるほどの腕を、海賊の手下は持ち合わせていなかった。

角之進は前方を見た。

天狗の鼻が、よほど大きく見えた。

まずはあの岩礁(がんしょう)に上陸し、身を休めることだ。

体力の回復を待たねば、とても戦えない。
角之進は肚を固めた。
強い西日が差しこむ。
天狗の鼻がひときわ赤く染まった。

十

草吉は必死に櫂を操っていた。
波はますます高い。
大波が打ち寄せるたびに水が小舟に入る。
沈まないように、櫂を止めて水をかき出してはまた先へ進む。その繰り返しだった。
やがて……。
波間に二隻の船が見えた。
浪花屋の塩廻船と海賊の船だ。
目を凝らすと、海賊船の甲板に鉄砲を手にした者の姿が見えた。
草吉は先を急いだ。

足腰でしっかりと身を支え、腕を懸命に動かす。

ややあって、浪花屋の屋号がはっきりと見えた。

「草吉！」

左近が気づいた。

心細い小舟で近づいてくる者がいる。

間違いない。忍びの者だ。

「錨が付いた縄を」

左近は船乗りに言った。

「へい」

「承知で」

すぐさま縄が投じ入れられた。

その様子は、海賊の船からも見えた。

「加勢が来ましたぜ」

手下の一人が大覚の一の手下に問う。

「撃て。矢も放て」

一の手下はこらえ性なく言った。

しばらく膠着状態が続いていた。

双方ともにかしらが不在だ。相手の船に跳び移って攻めこむのは、いかにも剣呑だった。

波が寄せては返している。二隻の船はぶつかりそうになってはまた離れ、再び近づいていく。

迂闊に跳べば海に落下する。船べりで逡巡していたら、敵の恰好の的になる。

塩廻船からは石つぶてが飛んできた。腕の立ちそうな武家もいる。かしらが戻るまでは飛び道具に頼るしかなかった。

しかし、一発たりとも命中はしなかった。そのうち、弾丸も矢も残りが少なくなってきた。

「弾が足りません」

手下が声を張りあげた。

「なぜもっとねぐらから運び入れぬのだ」

一の手下は怒った。

「すまんこって」

「こんなに長引くとは」

手下たちが答える。

「気がゆるんでいるぞ」

一の手下が叱声を飛ばす。

「草吉、いまだ。こっちへ移れ」

海賊の様子を見て、左近は小舟に告げた。

「はい」

草吉は綱をつかむと、猿（ましら）のごとくに伝って塩廻船に乗り移った。

「おお、助っ人が来たで」

「気張ってや」

「これで百人力や」

浪花屋の塩廻船がわいた。

「大丈夫か」

左近が気づかう。

「へい」

草吉はすぐさま答えた。

いい目の光をしていた。

十一

天狗の鼻が大きくなった。

遠くで見るより幅のある岩礁だった。

波が打ち寄せては引いていく。角之進は足に力をこめた。

いつのまにか履物は脱げていた。素足の裏で水を押し、着実に前へ進む。

天狗の鼻に近づくにつれて、背後に力を感じた。

波だ。

うしろから波の力で押されていく。好都合のようだが、危ない。岩礁にたたきつけられたら無事では済まない。

全身が悲鳴をあげていたが、ここが踏ん張りどころだ。

角之進は背を丸め、うしろから襲ってくる波に抗った。これが骨法だ。

ほどなく、ひときわ激しい怒濤(どとう)が押し寄せた。

その力をできるだけ殺(そ)ぎながらこらえていると、水の色がだしぬけに薄くなり、岩場が見えた。
焦るな。
もう一人の角之進が告げた。
上がるところを間違えれば、鋭い岩で手足を切ってしまう。
角之進は息を継いだ。
肺の腑いっぱいに気を吸うと、視野がくっきりと定まった。
角之進は岩に両手をついた。
足の位置を定める。大丈夫だ。これなら立てる。
存分に水を吸った着物が重かった。まるで鎧のようだ。
角之進はよろめきながら立ち上がった。
咳が出る。
死の淵まで下りた身の痛みはまだ残っていた。
また波が打ち寄せてくる。
それをよけ、いくらか高い岩場に移ったとき、声が響いた。
「諸国廻り……」
駆け出せばすぐのところに人影があった。

海賊のかしらだ。
腹を刺されながらも、大覚はまだ戦う気をなくしていなかった。
「殺してやる」
すでに武器はその手にない。
大覚は両のこぶしを握り締め、ゆっくりと近づいてきた。
角之進は意を決した。
敵がそのつもりなら、戦うまでだ。
角之進は濡れた帯を解き、服を脱ぎ、下帯一つの姿になった。
鍛え抜かれた体が西日を受けて輝く。
「来い」
声が出た。
角之進も両のこぶしを握った。

十二

「手裏剣はまだ残っています」

草吉が一枚を取り出して言った。

「なら、攻めるか？」

声を落として左近が問う。

「敵の弾と矢は尽きてきたようです。敵の船に乗り移って戦うのも手かと」

草吉は表情を変えずに答えた。

「角之進の助太刀もあるしな」

左近は天狗の鼻のほうを手で示した。

逆光の岩礁に、二つの人影が切り絵のように立っているのが見える。角之進と海賊のかしらだ。

「洞窟に囚われていた二人の娘をかくまっています。できれば、暗くならないうちにこの船に移して湊へ向かいたいところです」

草吉は口早に告げた。

「分かった。待ってはいられぬ」

左近はそう言うと、船頭の仁吉のもとへ近づいた。

「われらは敵の船に乗りこんで戦う。石つぶてと櫂で加勢を頼む」

左近は身ぶりをまじえて言った。

「へい、合点で」

仁吉は気の入った声で答えた。

「銛（もり）もありますで」

「やったれ、やったれ」

「敵討ちや」

浪花屋の塩廻船は、俄然活気づいた。

「よし、行くぞ」

左近は草吉に言った。

「へい」

草吉が続く。

抜刀して船べりに足をかけ、跳ぶ間合いを見計らう。

矢が飛んできた。

かんっ、と左近が振り払う。

船の間合いが詰まった。

いまだ。

まず草吉が跳んだ。

続いて、左近が気合もろとも跳び移った。

からくも敵の船べりに手がかかった。

「敵だ」

「船に入れるな」

海賊がわめく。

その動きを、草吉がいち早く察知した。

左近のほうへ向かった海賊めがけて、続けざまに手裏剣を打つ。

「うぎゃっ」

「ぐわっ」

大覚の手下どもは悲鳴をあげて次々に斃（たお）れた。

「さ、早く」

草吉が手を貸し、左近を船に引っ張り上げた。

「すまぬ」

左近は体勢を整え直した。

「やったで」

「いてまえ、いてまえ」

塩廻船から声援が飛んだ。
敵の銃の弾丸は一発だけ残っていた。
左近に狙いを定める。
草吉はやにわに身をかがめ、手裏剣を取り出した。
敵の目に見えぬように、下から手首を返して打つ。
銃が火を噴いた。
だが、撃ち手の顔面には手裏剣が突き刺さっていた。弾はあらぬほうへそれていった。
「海賊、覚悟！」
左近は攻めに転じた。
剣を振るい、ばっさばっさと斬り伏せていく。
草吉も続いた。
忍び刀を抜き、海賊の手下たちを一人また一人と斃していく。
「ひ、ひえっ」
狼狽したかしらの一の手下が海に落ちた。
助けを求めて、浪花屋の船のほうへ向かう。

「だれが助けるか、あほ」

石つぶてが飛ぶ。

「敵討ちや。あっち行け」

長い櫂が振るわれる。

そのうち、銛も放たれた。

魚を獲るための道具は、海に落ちた海賊に突き刺さって引導を渡した。

鎧袖一触（がいしゅういっしょく）だった。

海賊の船に乗りこんでいた者たちは、一人残らず退治された。

十三

手負いの海賊の顔が見えた。

憤怒で大きくゆがんでいる。

敵は着物を脱いでいなかった。右の脇腹のあたりが赤く染まっている。

これだけ血を流せば、常人ならもう絶命しているかもしれない。角之進が脇差で刺した傷は深かった。

その脇差も角之進の手にはなかった。荒海を乗り切るためには、邪魔になるものは捨てねばならなかったからだ。

「来い」

重ねて言うと、角之進は足場をたしかめた。

動きやすい岩場を見極め、両の拳を構える。

「小癪な。食らえっ」

海賊は拳を振るってきた。

だが……。

その一瞬早く、角之進の拳が大覚の顔面をとらえていた。

海賊の拳は弧を描いていた。一方の諸国廻りは鋭くまっすぐ突き出した。その差が現れたのだ。

その後も角之進は深追いをしなかった。

剣術と同じく、左足のかかとを上げ、動きやすい体勢をつくり、小刻みに身を揺らしながら拳を前へ突き出して出鼻をたたく。角之進の拳はいくたびも大覚の顔面を打った。

海賊のかしらは肩で息をしていた。

それでも力を振り絞り、一撃必殺の拳を振り回してくる。

正しくかわせば、手負いの敵の余力は着実に失われていく。角之進はそう読んだ。

と同時に、おのれも反撃の機をうかがっていた。

一撃で仕留めるにはどうすればいいか、敵の拳をかわし、間合いを図りながら角之進は思案していた。

「どうした、もう息が上がったか」

足元をたしかめ、角之進は敵を挑発した。

「捨身成仏の滝へ身を投じて助かったというのは、おのれに箔をつけるためのつくり話であろう。そんな力があるのなら、これしきで息はあがるまい」

角之進はそう言い放った。

手負いの海賊の瞳が真っ赤に染まった。

「おのれっ」

怒りにまかせて突っこみ、左の拳を振り回す。

いまだ、と角之進は思った。

素早く身をかわすと、海賊はたたらを踏んだ。

今度は角之進が踏みこんだ。

そして、いままで封印していた拳を初めて放った。
剣術なら下段の構えから、えぐるように敵の腹を打ったのだ。
手ごたえがあった。
刺し傷も負っている右脇腹を、角之進の拳は深々と打ち抜いていた。
「うぐっ」
嫌な声を発し、大覚はその場にうずくまった。
角之進はかさにかかって攻めた。
蹴り倒して馬乗りになり、海賊の首を両手で絞める。
残った力を振り絞って、ここを先途と絞め上げていく。
殺められた者たちの恨み。
いまこそ思い知れ。
諸国廻りの怒りの力が海賊に加わる。
やがて……。
海賊の瞳の赤が徐々に薄れていった。

最期に弱々しい息を吐くと、大覚の目が白くなった。
海賊のかしらは絶命した。
その白い両目を、西日の最後の輝きが照らした。

第七章　帰船

一

瀬戸内に夕日が沈んでいく。
天狗の鼻を照らしていた光は急速に薄れた。
角之進は、ふっと一つ息をついた。
瞬きをして海賊のかしらを見る。
間違いなく死んでいる。息を吹き返すことはない。
指がまだこわばっていた。それをほぐしているとき、沖に船影が見えた。
だれかが甲板で旗を振っている。
草吉かもしれない。

その隣で、両手を振っているのは左近か。いずれにしても、海賊といくさをしている雰囲気ではなかった。

角之進も手を振り返した。

波は間断なく打ち寄せている。岩礁で砕けては散っている。いくら大声を発しても沖の船までは届くまい。

船を天狗の鼻に近づけるのは剣呑（けんのん）だ。ひとたび座礁し、船が損傷したりすれば、鞆（とも）の湊（みなと）へは戻れない。

となれば……。

角之進は意を決した。

この逆巻く荒波を突っ切って、船まで泳ぐしかない。

風が冷たくなってきた。

角之進はよく張った太腿（ふともも）を強くたたいた。おのれに気合を入れるためだ。

岩場を慎重に進む。

打ち寄せる波に目を凝らし、間合いを図る。

腰まで海に浸かり、船の場所を見定める。

大きな波が一つ、砕けて散った。

いまだ。

角之進は前へ身を躍らせた。

泳ぎだしてすぐさま、次の波が来た。

前から水の壁が襲ってくるかのようだ。

ゆめゆめ、これに立ち向かおうとしてはならない。波の勢いは強い。もみくちゃにされ、岩場にたたきつけられてしまう。

波の下をくぐるのだ。

むろん、そのあいだも手足を動かす。

顔を上げて息を継ぐと、もう次の波が迫っていた。

再び下をくぐる。その繰り返しだ。

風は冷たくなっていたが、海の中はむしろ暖かく感じた。風と違って、水が急激に冷えることはない。

波をいくつか越えると、海の牙はいくらか収まった。

それでも、うねりはきつかった。

泳ぐうちに力が少しずつ奪い取られていく。

角之進は頭を出し、船の方向を見定めた。

いかん、と思った。

海の難敵は波とうねりばかりではない。潮の流れもある。

知らず知らずのうちに、だいぶ右のほうへ流されていた。岸からは遠ざかっている。

船に向かって泳いでいたはずなのに、さほど近づいてはいなかった。

角之進は潮に抗って泳いだ。そうしなければ、浪花屋の塩廻船にはたどり着かない。

死闘でかなりの力を使っている。全身が綿のようになってきた。

いくたびも息を継ぎながら、角之進は懸命に泳いだ。

二

「だいぶ流されてますで」

船頭の仁吉が指さした。

日は沈んだが、暮れきるまでにはまだ間がある。角之進の姿は波間に小さく見えた。

「おーい、角之進」

左近は精一杯の声で叫んだ。

「こっちだ。向きを間違えるな」

返事はなかった。

頭が一つ、心細そうに浮く。

「わたくしが小舟で助けます」

草吉が言った。

「大丈夫か？」

左近が問う。

「はい。まだ力はあります」

草吉はすぐさま答えた。

「よっしゃ。任せたで」

仁吉が言った。

「縄梯子や」

儀助が水主に命じた。

「へい」

「承知で」

若い水主たちは小気味よく動いた。

船べりから繋留されている小舟へ、たちまち縄梯子が下ろされた。

「では」

　草吉は短く告げると、縄梯子に手をかけた。

「頼む」

　左近も短く言う。

　忍びの者は、揺れる小舟に乗りこんだ。角之進がどのあたりを泳いでいるかたしかめ、櫂を操りはじめる。

「気張ってや」

「任せたで」

　塩廻船から声が飛ぶ。

　草吉を乗せた小舟は、波に揺られながら離れていった。

三

　だんだん腕が重くなってきた。

　息も苦しい。

　息継ぎをする際に、いくたびも水を呑んだ。塩辛い海の水だ。口じゅうに嫌な感じが広がる。

空は着実に暗くなってきた。そのうち船が見えなくなる。そうなってしまったら終わりだ。

角之進は尽きかけている力をふりしぼった。

前へ、前へ、下を見て泳ぐ。

下を見れば、頭は前を向く。水を切って泳ぐことができる。

目も痛くなってきた。無理もない。ずっと海水に洗われている。

耳の穴に水が入る。疲れのせいもあり、頭までぼうっとしてきた。

もはや、これまでか……。

諦念の渦に呑みこまれそうになったとき、波と風の音にまじって、声が聞こえてきた。

「若さま……」

空耳ではなかった。

波間に顔を出して息を継ぐと、こちらに向かってくる小舟が見えた。

「若さま……」

また声が響いた。

草吉だ。

助けに来てくれたのだ。

そう思うと、涸(か)れかけていた力がまたわずかに甦(よみがえ)ってきた。

立ち泳ぎをしながら、角之進はさらに息を継いだ。肺の腑(ふ)を新鮮な気で満たした。

そしてまた、小舟のほうへ泳ぎだした。

顔を上げるたびに、小舟と草吉の姿がしだいに大きくなってきた。

それが何よりの励みになった。

角之進は最後の力泳を見せた。

ほどなく、小舟に着いた。

「若さま、お手を」

草吉の手が伸ばされた。

角之進がつかむ。

その手は、何よりも温かかった。

四

「……うまい」

角之進は感に堪えたように言った。

草吉とともに小舟から塩廻船に移り、柄杓（ひしゃく）の水を呑んだところだ。

塩水でない真水は、たとえようもないほどうまかった。

「もう一杯くれ」

水主に柄杓を渡す。

「へい」

若い水主はきびきびと動いた。

「錨を上げるで」

船頭の声が響いた。

「おう」

楫取（かじとり）が答える。

浪花屋の塩廻船は、俄然わき立った。

「海賊のねぐらに囚われていた二人の娘を待たせています。途中で船に乗せましょう」

　草吉が言った。

「そうか」

　角之進はうなずいた。

　真水で人心地がついたとはいえ、疲弊は著しかった。目に映るものがうつつであるとは信じがたいような心地がした。

　そのせいで、動きだした船の上で左近から声をかけられたときも、それが何のことかにわかには分からなかった。

「まだこれで終わったわけではないぞ、角之進」

　相棒にして義父に当たる男はそう言った。

「ねぐらに、まだ海賊がいるのか」

　いくぶんしゃがれた声で、角之進は草吉に問うた。

「いえ。見張りはわたくしが斃しました」

　草吉は答えた。

「そうではない」

左近は笑みを浮かべると、まだ頭が回っていない角之進に嚙んで含めるように仔細を告げた。

それを聞くにつれて、角之進の顔つきがだんだんと引き締まっていった。

「分かった。まずは囚われていた娘たちを救ってからだな」

そう言う諸国廻りの顔に、ようやく生気が戻ってきた。

五

二人の娘は、滞りなく塩廻船に移された。

年かさのほうがおさと、若いほうがおとし。どちらも近在の村から海賊にさらわれたらしい。

鞆の湊へ向かう途中で、身の上話をじっくりと聞いた。おさともおとしも、鞆の近くに身寄りがいるようだ。

「では、わたくしが送っていきましょう」

草吉がそう申し出た。

「そこまでしていただくのは……」

おさとが申し訳なさそうに言った。

「いや、親御さんのもとへ届けるまでがつとめだからな」

角之進が言った。

「草吉はべつに船に乗らずともよいだろう」

左近が言う。

「下手をすると、おまえが陸路を進んだほうが速いかもしれぬ」

角之進は笑みを浮かべた。

やっと笑う余裕が生まれてきた。

濡れた着物は天狗の鼻に脱ぎ捨ててきた。さらに冷えてきたから、肉付きのいい水主がおのれの着物を貸してくれた。鞆の湊に着けば、古着をあきなう見世(みせ)があるだろう。

「ひとまず大坂で待機か」

左近が言った。

「浪花屋に江戸から文が着いているやもしれぬ」

と、角之進。

「なるほど、次の指示があるかもしれぬな」

左近は無精髭（ぶしょうひげ）が伸びたあごに手をやった。

「そうだ。それから、草吉」

角之進は忍びの者を見た。

「はっ」

草吉が答える。

「そなたはこの両名を送ったあと、海賊の残党がおらぬかどうか、しばし見廻ってから大坂に戻れ」

角之進はそう命じた。

「承知しました」

草吉は張りのある声で答えた。

しばらく進むと、空がさらに暗くなってきた。

岸から遠からぬところを、塩廻船は慎重に進む。幸い、波は天狗の鼻のあたりよりかなり穏やかになってきた。

「あっ、家が」

おさとが岸のほうを指さした。

「おまえの家か？」

角之進がたずねた。

「はい。でも、おとっつぁんもおっかさんも殺められてしまって……」

そこで言葉が途切れた。

鞆の湊の近くに親族はいるが、生家の者たちは海賊にやられてしまったようだ。

話を聞くと、おとしの境遇も似たようなものだった。

「つらい話だ」

角之進は続けざまに瞬きをした。

そして、暗くなってきた空を指さして言った。

「こうして夜の闇が世を覆いつくしても、朝は必ず来る。夜は必ず明ける。きっとまた日の光は恩寵のごとくに差しこんでくる」

おさとが目元に指をやった。

「つらいだろうが、望みを捨てずに、前を向いて生きていけ。それが生き残った者のつとめだ。亡くなった身内への何よりの供養だ」

そう言い聞かせると、二人の娘は涙目でうなずいた。

「敵を討ってくださって、ありがたく存じました」

おさとが頭を下げた。

「みんな、向こうで喜んでると……」

おとしが声を詰まらせる。

「もうわたしたちみたいに泣く人がでないように、悪いやつらを退治してくださいまし、諸国廻りさま」

おさとが気丈に言った。

「心得た。浪花屋の船に乗って、日の本じゅうの悪党を退治してやろう」

角之進はそう請け合った。

「日の本じゅうか、大きく出たな、角之進」

左近が笑う。

「どこへでも行きますで」

船頭の仁吉がいい声を響かせた。

「おう、行かいでか」

「ほまれやさかい」

船乗りたちが和した。

そうこうしているうちに、行く手に家並みが見えてきた。

遠近（おちこち）に灯りがともっている。

「鞆の湊や」

「帰ってきたで」

塩廻船がわき立った。

「よし、最後のひと踏ん張りだ」

角之進は借りた帯をぱんとたたいて気合を入れた。

六

鞆の湊に着いた一行は、まず二人の娘を見送った。

親族の家が近いほうから草吉が送っていく段取りだ。

「達者で暮らせ」

角之進が声をかけた。

「はい」

「ありがたく存じました」

二人の娘はていねいに頭を下げた。

「ええ風も吹くでな」

「命さえあったら、なんぼでもやり直せる」

「達者でな」

浪花屋の面々も情のこもった声をかけた。

「では、行ってまいります」

草吉が言った。

「頼むぞ」

忍びの者を送り出すと、角之進は仁吉と儀助を呼び寄せた。

「ここからが大詰めだ。芝居を頼む」

諸国廻りが言った。

すでに塩廻船で段取りは打ち合わせてある。あとは仕上げを待つばかりだ。

「分かってま」

仁吉が答えた。

「一世一代の芝居や」

儀助が二の腕をたたいた。

「よし、頼む」

諸国廻りは気の入った声で送り出した。

「へい」

「承知で」

浪花屋の二人は、船着き場からあるところへ駆け出していった。

角之進は陸には上がらなかった。

なぜか塩廻船にとどまり、身を隠す場所を探した。

「すまぬが、脇差を貸してくれるか。恥ずかしいことに、丸腰になってしもうた」

角之進は左近に頼んだ。

「必死に海賊と戦ったせいだ。気にするな」

左近はそう言うと、快くおのれの脇差を渡した。

「すまぬ」

受け取った角之進は試しに抜いてみた。

にわかに濃くなった月の光が、その刃を冷えびえと照らした。

七

「海賊にやられたとはまことか」

急ぎ足で塩廻船に向かいながら、湊奉行の三杉玄蕃が問うた。

「へえ、鉄砲の撃ち合いになって、わけが分からんうちにやられてしもうて」

仁吉がそう言って、目を手で覆った。

「まさか、諸国廻りはんまでやられてまうとは」

儀助が大仰に嘆いた。

「それは災難であったのう」

湊奉行は妙にあいまいな表情で言った。

「とにもかくにも、検分してくださいまし。海賊も船の中でいくたりか死んでますよってに」

仁吉が塩廻船のほうを手で示した。

「わが配下の者はいかがした」

湊奉行が問うた。

そのうしろには、白襷（しろだすき）をかけわたし、突棒（つくぼう）を手にした手下が二人従っている。

「鉄砲撃ちですかいな」

船頭が問い返す。

「そうだ、撃ち合いになったと聞いたが」

三杉玄蕃は案じ顔で言った。

「どっちも無事ですで」

仁吉が笑みを浮かべた。

「よう気張ってくれましたわ」

儀助の声が高くなった。

「そうか。それは重畳」

湊奉行は愁眉を開いたような顔つきになると、慎重に塩廻船に乗りこんだ。

だが……。

甲板にむくろなど転がっていなかった。荷がうずたかく積まれているばかりだ。

「いかがした、中におるのか」

湊奉行はいぶかしげな声を発した。

返事はない。

その代わり、荷のうしろから笑い声が響いてきた。

若い水主が二人、銛を構えて湊奉行たちの背後に回る。

「もう逃げられへんで」

仁吉が引導を渡すように言った。

「覚悟しいや」

儀助はいつのまにか櫂を手にしていた。

様子をうかがっていた角之進は、そこで荷の陰から姿を現した。

「お、おのれは……」

三杉玄蕃が目を剝く。

「鉄砲撃ちたちはいま少し鍛えておいたほうがよかったな」

角之進は脇差を構えて間合いを詰めた。

「海賊の一味だったとは。恥を知れ」

左近も続く。

「まさか福山藩ぐるみではあるまい。湊奉行の三杉玄蕃、うぬは私利私欲を肥やすためにひそかに海賊と通じていた。その罪、万死に値する。覚悟せよ」

角之進は剣先を湊奉行に鋭く向けた。

「ちっ」

三杉玄蕃は大きな舌打ちをした。

「えーい、かまうけえ、やっちめえ」

湊奉行は本性を現して手下に命じた。

「とりゃあっ」

突棒を構えた手下が突進してきた。

腰の入っていない攻撃だ。たちまち見切って体をかわすと、揺れる船上ということもあり、手下はたちまちたたらを踏んだ。

すかさず踏みこんで斬る。

「ぐえっ」

もう一人の手下が声をあげた。

そちらは左近が成敗していた。湊奉行はたちまち裸城（はだかじろ）のごときものと化した。

「て、鉄砲……」

三杉玄蕃はうつろな目で言った。

「助けは来ぬぞ。とうにどちらも死んでおる」

角之進は冷たく言った。

「悪事はもう終わりやで」

「観念しいや」

仁吉と儀助が言った。

「うぬのほかに海賊に通じていた者はいるか。もしさようなことがあれば、藩はお取りつぶしの憂き目に遭うぞ」

角之進は厳しく問うた。

もはや退路はない。進退きわまった。

「お、おれの一存じゃけえ、藩へのお咎(とが)めだけは堪忍してつかあさい」

湊奉行はそう言うと、甲板にがっくりとひざをついた。

「縛れ」

諸国廻りは水主に命じた。

「左近、こいつの息のかかっていない福山藩の役人につないでくれ」

角之進は相棒に告げた。

「おう」

左近はすぐさま船を下りていった。

その後はなおも湊奉行を厳しく問い詰めた。

海賊のかしらの大覚のほうが手を回してきたようだ。賄賂(まいない)に目がくらんだ三杉玄蕃は、福山藩から海賊を護る防波堤めいた役目を果たしていたらしい。とんだ湊奉行だ。

ほかに息のかかった者がいないか、なおも厳しく詮議しているうち、福山藩の役人があわただしくやってきた。

「ま、まさか三杉殿がさような悪事に手を染めているとは……」

藩主の遠縁だという役人は驚きの色を隠さなかった。

「ご老中の統べる友藩ゆえ、事を荒立てるつもりはないが、向後はくれぐれもかようなことがなきように」

角之進は諸国廻りの顔で重々しく言った。

「はっ、城代家老にもしかと伝え、家中の引き締めに取り組みますので、このたびの不祥事、平にご容赦くださいませ」

役人はそう言って深々と頭を下げた。

かくして、一件は落着した。

海賊と通じていた湊奉行は腹を切ることも許されず、のちに打ち首になって鞆の湊に晒された。

第八章　蟹雑炊とふぐ雑炊

一

その晩は、藩の役人の世話で、行きとはべつの旅籠(はたご)に泊まることになった。

まさか、旅籠にまで湊奉行の息はかかってはいまいが、気分も変えるためにべつの宿を所望したのだ。

いくらか山のほうへ上ると、見晴らしのいい旅籠に着いた。

「ほう、漁火(いさりび)も見えるな」

角之進は海のほうを指さした。

「鞆の浦を一望できますので」

愛想のいいおかみが言った。

「離れに内湯もございます」

こちらは口下手らしいあるじが、やや硬い顔つきで伝えた。

「なら、湯に浸かってから祝いでんな」

仁吉が上機嫌で言った。

「おう、みなで食って呑もう」

角之進が白い歯を見せた。

「へい」

「ひと仕事終わりましたからな」

「あとは瀬戸内の塩を積んで帰るだけや」

船乗りたちも笑みを浮かべた。

「いいお魚がたんと入っておりますので」

おかみが笑顔で言った。

「気張ってさばきますけえのう」

あるじもやっと少し表情をやわらげた。

「楽しみにしておるぞ」

大きなつとめを終えた諸国廻りが言った。

湯に浸かると、体の隅々まで生き返るかのようだった。

角之進はのどに手をやった。

海賊のかしらに絞められ、あやうく落命しかけたときの嫌な感触が、まだそこはかとなく残っていた。

そのあと、荒れ狂う波を突っ切って船に戻ろうとしたときも剣呑だった。今日一日で、ずいぶん危ない橋を渡った。いまこうして安全な場所で湯に浸かっていられるありがたみを、角之進はしみじみと感じた。

福山藩の役人は下へも置かぬ扱いで、替えの着物をいち早く用立ててくれた。湯上がりに袖を通すと、また生き返ったような気分になった。海水を存分に吸った着物とは雲泥の差だ。

「ああ、さっぱりしたのう」

左近がひげをそったあごに手をやった。

塩廻船の船乗りたちもそのうちそろい、料理も次々に運ばれてきた。

鰆の照り焼きに味噌漬け、飯借りと呼ばれる魚の酢漬けに鰈の刺身と煮物、さらに、珍しい蝦蛄の天麩羅なども出た。いずれも瀬戸内の恵みの海の幸だ。

「海はもうこりごりだとも思ったが、こうしてうまい海の幸を食していると、すぐ気が変わるな」

角之進はそう言って、飯借りをのせた飯をわしっとほおばった。

あまりのうまさによその飯を借りに走ることになるため、その名がついたと言われている。

「うまいですなあ。天麩羅は船ではでけへんさかいに」

仁吉がそう言って、黒鯛の天麩羅に箸を伸ばした。

「塩廻船はこれが楽しみやな。みな、沢山食うとけ」

儀助が若い水主たちに言った。

「もう食うてます」

「ほんまに飯を借りなあきまへんわ」

水主たちも上機嫌だ。

草吉が表情を変えずに角之進に酒を注いだ。

「娘たちの身内はどうだった」

角之進は小声で問うた。

「はい。どちらも驚いて、涙を流して迎えておりました」

草吉は答えた。

「そうか。それは何より」

角之進は一つうなずいて酒を呑み干した。

「海賊にさらわれたのだから、生きて帰ってくるとは思わなかったんだな」

左近が言う。

「そのようです。くれぐれも、助けてくださったお役人によろしくと」

草吉は伝えた。

「うむ。おれも役人だからな」

と、角之進。

「いつのまにか、ずいぶん大きな役がついたものだ」

左近は渋く笑った。

ここでおかみが汁を運んできた。

「蟹汁（かにじる）でございます。あったまりますけえのう」

味噌の香りがぷうんと漂ってきた。

渡り蟹の脚が入った味噌汁は絶品だった。海の恵みをこのひと椀にぎゅっと集めたかのような濃さだ。

その後は草吉とさらに打ち合わせをした。

このまま塩廻船に乗ってもいいが、大坂の浪花屋にしばらく滞在し、江戸からの文を待つことになるだろう。ならば、海賊の残党がいないかどうか見廻ったあと、草吉は陸路をたどり、諸国の様子を探らせることにした。

「承知しました」

忍びの者は太腿を軽くたたいた。

そのうち、大きな蟹鍋が来た。

こちらには渡り蟹の大きな胴も入っていた。その身があらかたなくなったところでいったん厨に下げ、だしを足してご飯と溶き玉子を加えて雑炊にする。あるじとおかみが再び運び入れると、船乗りたちから歓声がわいた。

小皿に取り分け、さっそく箸を動かす。

「うまいな。ほっぺたが落ちそうや」

仁吉が相好を崩した。

「身の養いにもなりますな」

儀助も笑みを浮かべる。

「わいらだけうまいもんを食うて悪いなと思てたけど、敵討ちは終わったさかい」

「そうでんな、船頭はん。ええ知らせがでけますで」

「ああ。帰ったら、丑松の身内に知らせたらんと」

仁吉は急にしみじみとした顔つきになった。

「ああ、食った食った」

肉付きのいい水主が腹をさすった。

「明日からまた気張ってもらうで」

船頭が言う。

「へえ、気張りまひょ」

「大坂へええ塩を運ばな」

船乗りたちがいい声で答えた。

二

丸に花。

ほまれの屋号の白帆が光る。

浪花屋の塩廻船は瀬戸内を滞りなく進み、大坂に着いた。

　しばらく荷下ろしの様子を見ていると、番頭が呼びに来た。どうやら江戸から文も届いているらしい。角之進は左近とともに廻船問屋に向かった。

「まあ、よう無事で、手柄を立てはって、さすがは天下無敵の諸国廻りはんですなあ」

　隠居の吉兵衛が満面の笑みで出迎えた。

「うちのもんの敵を討ってくださって、ほんまにおおきにありがたいことで」

　大おかみのおまつが両手を合わせた。

「浪花屋の船乗りたちに助けられた。危ういところだった。海を泳いだゆえ、丸腰になってしもうた」

　角之進は何も差していない腰をたたいた。

「それはそれは大変な目に」

　あるじの太平が労をねぎらう。

「まあ、とにもかくにも、ゆっくり身を休めてくださいまし。夕餉はあじ屋はんにうまいもんを頼みますよってに」

　吉兵衛はしたたるような笑みを浮かべた。

「それは楽しみだな」

と、角之進。

「あ、そうそう、江戸から文が届いてますんで」

おまつが言った。

「おう、それはすぐ読まねば」

角之進はただちに答えた。

ほどなく、達筆でしたためられた文が角之進の手に渡った。

「お父上か」

左近が覗(のぞ)きこんで問うた。

「そうだ」

角之進は短く答えて、文に目を凝らした。

父の飛川主膳は、言ってみれば諸国廻りの江戸留守居役だ。若年寄の林忠英、ひいては角之進の実父である将軍家斉とのあいだをつなぎ、文で指示を伝えるのが役目だ。

「何と書いてある?」

左近が待ちきれぬとばかりに問うた。

「まず、『廻船問屋浪花屋を諸国廻りの足として用いるは良策なり』と」

角之進が答えた。

「そら、よろしおましたなあ。これでわてらも諸国廻りになったようなもんや」

吉兵衛が言った。

「あんさんはただの隠居だすがな。ちょっと黙っとり」

おまつにたしなめられた隠居は首をすくめた。

「褒賞の件は大坂町奉行に書状で伝えておいたようだ。おれも報告がてら奉行所へ行ってみることにしよう」

角之進は請け合った。

「おおきに。ありがたいことで」

吉兵衛が大仰なお辞儀をした。

「浪花屋のほまれです。船乗りたちも喜びますわ」

太平があるじの顔で言った。

「どうか、これからもよろしゅうに」

おまつがていねいに頭を下げる。

「ああ、よしなにな。頼りにしておるぞ」

角之進は笑みを浮かべて言うと、文の続きを読んだ。

主膳の文はむやみに長く、ときおり話があらぬ脇道に入ったりしたが、おかげでおみつも王之進も達者で、あまから屋も繁盛していることを知って胸をなでおろした。

しかし……。

読み進めていくうち、思わぬくだりに出くわした。

「何？」

声が出る。

「いかがした、角之進」

左近が問うた。

「父上からの文に書いてあった。宮司の見立てがあったらしい」

諸国廻りが次にどこへ向かうべきか、ひそかに占った大鳥居大乗の見立てが記されていた。

「次はどこだ」

左近が身を乗り出した。

角之進はひと息置いてから答えた。

「みちのくのほうだ」

三

「陸前、陸中、陸奥、みちのくのほうちゅうても、なかなかに広おますな」

隠居の吉兵衛がそう言って、鰻の蒲焼きに箸を伸ばした。

時は移ろって、夕餉になった。

あじ屋が腕によりをかけた出前料理が運ばれてきた。蒲焼きと白焼き、二つの味わいが楽しめる膳だ。むろん、肝吸いもついている。

「どこの藩かは分からぬのだな？」

左近は山葵をいい按配にのせた白焼きを口に運んだ。

「詳しい話は江戸へ戻ってからだ。それまでは、何一つ分からぬ」

角之進が慎重に言った。

「みちのくやったら、うちの千都丸で運べますよってに」

あるじの太平が笑みを浮かべた。

「荷積みはあとどれくらいかかるんや？」

大おかみのおまつが跡取り息子に訊く。

「ひと月はかかりまへん。半月ちょっとで出せますやろ」

太平がうなずいた。

「ちょうどよろしおましたな。大日丸やったら、江戸と大坂を行ったり来たりですよってに」

吉兵衛が身ぶりをまじえた。

浪花屋の菱垣廻船は二隻ある。古いほうの大日丸は中作事と呼ばれる改修工事を施し、大坂と江戸を往復する短いほうの航路で使っている。一方、まだ新しい千都丸は、江戸でいったん荷を下ろしたあと、仙台へ届ける古着をたくさん積みこんで出航する。しばしば海が牙を剝く東廻り航路だ。

みちのくで積み荷を下ろしたあとは、蝦夷地で特産の昆布を大量に積みこむ。そして、北前船と同じ航路でいくつかの湊に立ち寄り、最後に瀬戸内を経て大坂へ戻っていく。

「わいは船頭とちゃいますねんけど、うちのもんがちゃんと運びますさかい」

このたびの船乗りからは、船頭の仁吉だけが夕餉の場に加わっていた。

「仙台まで運んでもらえれば、あとは陸路をたどるゆえ」

角之進が言った。

「海と陸を合わせたら、日の本の津々浦々へ行けましょう」

大きな話が好きな隠居が言った。

「北前船に乗り換えれば、薩摩のほうにも行けるだろう。あるいは琉球にも」

左近が言った。

「さすがに、琉球までは諸国廻りの力は及ぶまい」

角之進がそう言ったから、浪花屋の座敷に笑いがわいた。

「琉球の次に、近いとこの話で相済まんのですけど」

仁吉がそう前置きして続けた。

「明日にでも丑松の身内のとこへ行って、敵を討った話をしたろかと思いまして」

「ああ、それはよいな。おれも行こう」

角之進は乗り気で言った。

「諸国廻りさまも？」

仁吉の顔に驚きの色が浮かんだ。

「その役職名はべつに告げずともよい。ただの助っ人の浪人だ」

角之進は笑みを浮かべた。

「えらいまた、百人力の浪人はんでんな」

浪花屋の隠居が破顔一笑した。

四

翌(あく)る朝――。

角之進は早起きをして父の主膳に文をしたためた。

このたびのいきさつを事細かに伝えただけではない。やむをえぬ仕儀だったとはいえ、飛川家に伝わる刀と脇差をなくしてしまったことを幾重にもわびておいた。

文はおみつにも送ることにした。

聞けば、江戸での菱垣廻船の荷下ろしと荷積みには十日から半月ほどかかるらしい。そのあいだ、主膳への報告などの役目もあるし、次はみちのくへ赴くことがほぼ決まっている。たまに江戸へ戻っても長くいられそうにないが、王之進への土産を携えて必ず帰るから、それまで達者に暮らせ、と情のこもった文をしたためた。

朝餉を終えると、仁吉と儀助とともにいまは亡き丑松の家をたずねた。

安治川へ注ぐ細い川に沿った道をたどり、分かりにくい路地をうねうねと進むと、わらべの声が響いてきた。

「むさいとこですけど、あそこですわ」

仁吉が長屋の一角を指さした。

立ち話をしていた女房たちが気づいた。

「あら、仁吉さん」

一人が船頭に言う。

「敵を討ったったで」

仁吉は弾んだ声で告げた。

「うちの人の敵を？」

丑松の女房が目を瞠（みは）った。

「そや。お忍びで来てるこの旦那が助っ人で、海賊を根こそぎ退治したったんや。ほんまやで」

仁吉は告げた。

「わけあって丸腰だが、浪花屋の塩廻船に乗って海賊を退治してきた。亡き夫の恨みは晴らせたと思う」

角之進は言った。

「ほんまですか……まあま、とにかく中へ」

女房は身ぶりをまじえた。

名はおつねで、せがれは善松だった。外で朋輩とともに遊んでいた善松におつねが声をかけ、一緒に話を聞くことになった。

「この旦那が、おとうの敵を討ってくれたんや、善坊」

仁吉はそう言うと、茶を少し啜って欠けた湯呑みを置いた。

「お礼を言い」

母がうながす。

「……おおきに！」

善松は少し思案してから大きな声で答えた。

「いい返事だ」

角之進は笑みを浮かべた。

茶を呑む。渋い番茶だが、忘れがたい味がした。

「善坊も、大っきなったら船乗りになるねんな？」

仁吉が問うた。

「うん」

善松が力強くうなずいたから、長屋に和気が満ちた。

「おとうの跡を継ぎたいと言うてますねん」

　おつねが言った。

「継いだらええ。旦那が海賊を退治しはったさかい。これからは、もう泣くもんは出えへんさかいに」

　仁吉が目をしばたたいた。

「励めよ」

　角之進はわらべの目を見て言った。

「うん」

　いずれ父の跡を継ごうとしているわらべは、いい目の光で答えた。

五

　その後、大坂の町奉行所へ角之進が顔を出したところ、主膳の文による根回しが功を奏したのか、浪花屋に褒賞を与える件はたちどころに決まった。

「ほんま、ありがたいことで」

　吉兵衛が恵比須顔で言った。

「ただでさえ菱垣廻船の勢いが無うなってきてるとこへ、塩廻船が海賊にやられてしもて、どないしょうと思てたんですわ。このたびの褒美で息を吹き返しましたわ。いやはや、ありがたいありがたい」

浪花屋の隠居は上機嫌だ。

「ほな、ご馳走せなあかんな」

おまつが吉兵衛に言った。

「そやな。あじ屋はんに言うとくわ」

と、吉兵衛。

「あじ屋の奥の座敷でしか出ない料理があるんですわ」

あるじの太平が角之進に言った。

「ほう、どんな料理だ？」

角之進が訊く。

「それは、行ってのお楽しみにしまひょ」

吉兵衛がぱんと両手を打ち合わせた。

翌日には草吉が戻ってきた。

　さすがは忍びの者の足だ。知らせによると、海賊の息がかかっていた者たちは一人残らずお仕置きになったようだ。湊奉行が海賊に通じていたという大失態を取り戻すべく、福山藩は目の色を変えて取り調べたらしい。

　帰路は街道筋を進んだが、大きな変事はなさそうだということだった。

　ちょうどいいから、労をねぎらうべく、草吉もあじ屋へつれていくことにした。むろん、左近も一緒だ。

　もう一人、近々船出する千都丸の船頭の巳之作も同席することになった。諸国廻りとの顔つなぎだ。

「世話になるな。例のもんを頼みますで」

　あじ屋のあるじに向かって、吉兵衛は笑みを浮かべて言った。

「へい、やらしてもらいま」

　ねじり鉢巻きのあるじは、気の入った顔つきで答えた。

「さて、何が出るか」

　奥の部屋でお通しのうざくを肴に呑みながら、角之進が言った。

　うざくとは、鰻と胡瓜の酢の物のことだ。こってりした鰻とさっぱりした胡瓜。二つの味が合わさると、これがまた妙にうまい。

「たぶん、江戸のお侍は口にしたことがないと思いますわ」

と、吉兵衛。

「ここのあるじの腕はたしかですから。万が一の気遣いはありまへんので」

太平がいやに念を押すように言った。

そのわけは、ややあって運ばれてきたもので分かった。

てっちり鍋だ。

ふぐは毒にあたることがあるので、俗に鉄砲と呼ばれる。あたると死んでしまうからという物騒な名だ。

ふぐをさばいて昆布だしで煮て、醬油に薬味を添えたたれで食す鍋を「ちり」と呼ぶ。鉄砲のちりが約(つづ)まって「てっちり」になった。

「旦那がた、ふぐは?」

吉兵衛が問うた。

「いや、食べたことはない。ふぐはご法度(はっと)になっているからな」

やや硬い顔つきで、角之進が答えた。

ふぐをさばいて食し、毒にあたって落命する武家が後を絶たないため、業を煮やした幕府が禁令を出して久しい。

「おれもないな。……本当に大丈夫か」

左近が声を落とす。

「心配いりまへんよってに」

隠居が笑みを浮かべた。

「わたいら、なんべんもいただいてるんで」

おまつが言う。

「大事なお客はんだけ、ここへご案内さしてもろてるんですわ」

太平が笑みを浮かべた。

「ならば、案ずるには及ぶまい、左近」

角之進が言った。

「そうだな。いい按配に煮えておる」

左近も乗り気で言った。

ふぐのほかに、焼き豆腐に菊菜、椎茸や榎茸などの茸、それに濃い赤色をした金時人参と長葱が入っている。これを取り分け、醬油だれにもみじおろしや分葱などを添えて食す。

「おう、これは」

ふぐを食すなり、角之進が声をあげた。

「うまいな」

左近が笑みを浮かべる。

「浪花名物、数々あれど、五本の指には間違いのう入りますで」

吉兵衛が片手の指をぱっと開いた。

「お呼ばれで良かったですわ」

巳之作が心底嬉しそうに言った。

「頼むぞ、船頭」

角之進が言う。

「へえ。ほかのもんも意気に感じてますんで」

千都丸の船頭は日焼けした顔をほころばせた。

みなで箸を動かしているうち、二つの鍋の具はあっという間に乏しくなった。

「これで終わりとちゃいますで」

吉兵衛が謎をかけるように言った。

「と言うと、雑炊か？」

角之進がたずねた。

「へえ、初めてやのに、よう分かりましたな」

隠居は意外そうな顔つきになった。

「鞆の湊で蟹雑炊を食したのだ。おそらく同じだろうと思ってな」

「あれはうまかったな」

左近がすぐさま言った。

そんなわけで、溶き玉子とほかほかのご飯が運ばれ、締めのふぐ雑炊がつくられた。

「蟹雑炊とふぐ雑炊、甲乙つけがたい味だ」

さっそく味わった角之進は笑みを浮かべた。

「昆布だしにふぐの味がしみでているからな。これでまずかろうはずがない」

左近がうなずく。

草吉は寡黙に箸を動かしていたが、味に満足していることは表情ですぐ分かった。

「蟹雑炊、食うてみたいなあ」

だいぶ赤くなってきた顔で、吉兵衛が言った。

「ほな、塩廻船に乗って鞆まで行ったらどないです？」

太平が水を向ける。

「そやな。瀬戸内やったら大しけにはならんやろ」

菱垣廻船が難破して九死に一生を得た吉兵衛が言った。

「なら、いずれ諸国廻りの手下もやってくれ」

半ば戯れ言で、角之進は言った。

「あきまへんで、飛川さま。この人、なんぼ足引っ張るか分かりまへんよってに」

大おかみがぴしゃりと言った。

船頭の巳之作が思わず笑う。

「ほな、蟹雑炊だけ食いに行くわ。あきないもあるさかいにな」

いくらかあいまいな顔つきで吉兵衛が言った。

六

白帆が日の光を受けて美しく輝いている。

今日はいよいよ千都丸の船出だ。

浪花屋の面々はみな見送りに来ていた。

菱垣廻船の一回の船旅には、廻船問屋の命運がかかっている。しかも、このたびは諸国廻りの足をつとめる。船着き場にはぴりっとした気が漂っていた。

「ほな、頼みます、船頭はん」

あるじの太平が巳之作に言った。

いくらか離れたところでは、若おかみのおちえが太吉の手を引いて見送っていた。

かつての赤子も日に日にわらべらしくなってきた。

「へえ、承知で」

巳之作が軽く右手を挙げた。

「では、わたくしはこれで」

草吉が角之進に小声で告げた。

「ああ、頼むぞ」

角之進が答えた。

忍びの者は船ではなく、またしても街道筋をたどって江戸に向かう。その先をどうするかは、またのちの相談だ。

「よっしゃ、そろそろええか？」

巳之作が船に向かって声をかけた。

「へえ、上がってもらいまひょ」

親仁（水主長）の寅三の声が響いてきた。

もう一隻の大日丸もあるから、常に同じ船に乗るわけではない。船乗りの顔ぶれも少しずつ変わる。しかし、息の合った巳之作と寅三はいつも同じだ。

「いよいよだな」

角之進は左近を見た。

「一度は江戸に立ち寄るとはいえ、長い旅になりそうだ」

左近があごをなでた。

「どうぞ気ィつけて」

おまつが笑顔で言った。

「ええ知らせを待ってますさかいに」

吉兵衛が和す。

「廻船料理のほうのなには屋にも行ってやっておくれやっしゃ」

と、おまつ。

「ああ。江戸の楽しみの一つだ」

角之進は白い歯を見せた。

いい風が吹いてきた。今日は出船日和だ。

「では、行ってくる」

諸国廻りは右手を挙げた。

「どうかご無事で」

「気張っておくんなはれ」

浪花屋の面々の声に送られて、角之進は千都丸に乗りこんでいった。

第九章　あまから屋となには屋

一

江戸の飛川家に文が二通届いた。

一通は女房のおみつ、もう一通は父の主膳、いずれも角之進が大坂の浪花屋から送ったものだった。

「ほら、王之進、父上の文ですよ」

おみつが息子に言った。

「いつ帰ってくるの？」

王之進が問うた。

早いもので、来年には三歳になる。言葉もずいぶん増えてきた。

「これからお船に乗って江戸へ向かうそうです」

おみつが伝えた。

「ずっといるの？　父上」

王之進が瞳を輝かせた。

文の続きに目を通したおみつは、軽く小首をかしげた。

「父上はまたすぐお役目に出ねばならぬ。ただし、江戸で半月くらいは過ごせるだろう」

代わりに主膳が答えた。

やっと父が戻ってくると思ったら、またお役目でいなくなってしまう。王之進は急にあいまいな顔つきになった。

祖母の布津が優しい声で言った。

「父上は大事なお役目をされているのですからね。泣いてはいけませんよ」

「……はい」

べそをかきそうだった王之進は懸命にこらえて答えた。

「父上は瀬戸内の海賊を退治したそうだ。さすがは諸国廻りだな」

文を読み終えた主膳が満足げに言った。

「さようでございますか。どこも怪我などは？」

布津が主膳にたずねた。

「それは大丈夫のようだ。ただし、海を泳いで海賊の首領と格闘している際に、腰の大小を失ってしまったらしい」

主膳は腰に手をやった。

「ほんに、よくご無事で」

少し遅れて文を読み終えたおみつが言った。

「心配が絶えませんね、光さん」

布津がねぎらう。

もとは湯屋の看板娘だが、飛川家では武家の女らしく光と名を改めている。

「致し方ありません。とにかく、無事でよかったです」

おみつはそう言って、ふっと息をついた。

「刀については、諸国廻りらしいものを急ぎ用立ててやろう。海賊退治のみならず、海賊と通じていた役人の悪事も暴いて成敗したそうだからな。大した手柄だ」

主膳は上機嫌だ。

「次はみちのくでございましたね？」

布津が訊く。

「そうだ。そのような見立てだったのだが、角之進が戻ったあとにいま一度大鳥居宮司に占ってもらうことにしておる」

主膳はそう言って湯呑みの茶を呑み干した。

「さようですか」

布津はうなずくと、おみつのほうを見た。

「あまから屋にも伝えておいたほうがいいかもしれませんね。少しならお見世にも立てるだろうし」

「さようですね。ずいぶん久々で」

おみつは笑みを浮かべた。

「もともと怪しかった料理の腕は、さらになまっているかもしれぬな」

主膳も笑う。

「あ、そうそう、角之進さまの文によると、お世話になった廻船問屋の浪花屋さんは、江戸に廻船料理のお見世を二軒出してるんですって。江戸に戻ったら一緒に行ってみないかと」

おみつは伝えた。

「へえ、廻船料理」

布津が少し身を乗り出した。

「上方(かみがた)の酒などを運んでくるだろうから、料理もうまいだろう」

主膳も乗り気で言った。

「でも、王之進には甘味のほうがいいわね」

布津が孫の顔を見た。

王之進がこくりとうなずく。

「では、これから行きましょう。おまえも行くわね？」

おみつは息子に訊いた。

「うんっ、お団子食べに」

王之進が元気よく答えたから、飛川家の座敷に和気が満ちた。

二

団子坂の中ほどに、ひときわ目立つのれんが出ている。

左があたたかな紅絹色(もみいろ)で、右はさわやかな深縹(こきはなだ)だ。

ただし、一枚ではなかった。

坂の下手のほうは、紅絹色に「あま」。

上手のほうは、深縹に「から」。

いずれも心弾む文字が染め抜かれている。

この二つを合わせると「あまから屋」になるという寸法だった。

江戸に食い物屋は数々あれど、あまから屋の構えはいたって珍しかった。よそにはないあきない方ゆえ、かわら版だねになったほどだ。

まずは「から」のほうで昼の膳を出す。

数をかぎって出す昼の膳はむかしからの人気で、ときには見世の前に列ができるほどだった。

角之進がおみつとともに切り盛りしていたころは、魚河岸まで天秤棒をかついで走り、活きのいい魚を運んでいたものだ。

旬の魚をさばいて刺身にする。煮つけや天麩羅もいい。

団子坂の近辺には畑が多い。あまから屋の畑もあるから、野菜も新鮮なものを厨に入れることができる。

雑木林もある。秋には恵みの茸がふんだんに採れる。

そういった食材を用い、心をこめてつくったあまから屋の昼の膳は、うまくて身の養いにもなるというもっぱらの評判だった。

主になるのは飯ばかりではない。うどんも名物だ。

角之進が料理の弟弟子にあたる喜四郎に伝授した、こしのあるうまいうどんだ。これに旬の食材の天麩羅をたっぷりのせる。夏場は井戸水できゅっと締め、鰹節の利いたつゆをぶっかけて食す。しばらく飯が続くと、「うどんはまだかい？」と客から所望されるほどの味だった。

短い中休みをはさんで二幕目に入ると、今度は「あま」のほうが活気づく。

こちらは甘味処だ。

出すものはいろいろあるが、まずはあまあま餅だ。

きなこをふんだんに使った安倍川餅と、つぶあんのあんころ餅が同じ皿に載って出てくる。それぞれが二つずつだから、かわるがわるに味わう客が多い。

芋団子も名物だ。

里芋とうるち米を一緒に炊きこみ、平たい団子のかたちに丸めて平串を打つ。

これを香ばしく焼き、甘めの味噌を塗ってさっとあぶれば出来上がりだ。

見世の座敷ばかりでなく、前に置かれた長床几に座り、往来をながめながら食すこともできる。

さらに、芋団子は持ち帰りもできた。遠くまでたくさん持ち帰る場合は、割増のお代で竹皮の包みに入れて紐（ひも）で結わえる。土産（みやげ）にと所望する客もいるから、焼き方はなかなかに忙しかった。

駕籠（かご）が団子坂を上るにつれて、その芋団子の香りがだんだんに漂ってきた。

「もうすぐあまから屋だよ」

駕籠の中でおみつに抱っこされた王之進が弾んだ声をあげた。

「そうね。お団子のいい香りがしてきた」

おみつが笑みを浮かべた。

ほどなく、駕籠は滞りなくあまから屋に着いた。

三

「あ、おかみさんと王ちゃん、いらっしゃいまし」

のれんと同じ紅絹色の作務衣（さむえ）をまとったおはなが笑顔で出迎えた。

「いまはおはなちゃんがおかみさんだから」

おみつが言う。

「お団子」

王之進が待ちきれないとばかりに言った。

「おなかすいたのね」

と、おはな。

「あまあま餅もあるよ」

同じ紅絹色の衣装の娘が声をかけた。

名をおかやという。

おはなの弟の大助(だいすけ)があまから屋を手伝っている。角之進の代わりに魚河岸から魚を運んだり、こしのある餅をこねたり団子を焼いたりする役どころで、いつも持ち帰り場から威勢のいい声を響かせている。

一方、甘味処には「おはこび小町」と称する手伝いの娘がいくたりかいた。あまから屋にはかわいい猫が何匹かいて、猫屋の趣もある。着物もきれいだから、おはこび小町になりたいという娘は多かった。

その一人だったおかやを大助が見初めて、夫婦(めおと)になった。簡単な祝言を挙げたのはついこのあいだだから、まだ角之進は知らない。

かつては角之進とおみつが切り盛りしていた小さな見世は、倍に建て増しをして繁盛していた。おはなと喜四郎、おかやと大助、二組の若い夫婦が気張っているから、おのずと活気が出る。

「うん、食べる。あまあま餅」

王之進は元気よく言った。

「あま」と「から」にはべつべつののれんがかかっているが、中はつながっていて自在に行き来ができる。

「から」のほうの二幕目は酒と肴を出す。厨の前に一枚板の席がしつらえられていて、できたての肴が供せられる。酒は上方の上等の酒だ。

「おっ、わらべの声が聞こえると思ったら」

髷がすっかり白くなった好々爺が顔を見せた。

「まあ、ご隠居さん、ご無沙汰で。角之進さまは手柄を挙げて、近々江戸へ戻ってくるのだとか」

おみつは弾んだ声をあげた。

「ほう、そうかい。そりゃあ重畳だね」

伊勢屋の隠居の代蔵が笑みを浮かべた。

「どんな手柄だい？」

甲斐庄喜右衛門もやってきてたずねた。

近くに住む暇な武家で、よくあまから屋ののれんをくぐってくれる。今日は伊勢屋の隠居と一緒に呑んでいたようだ。

「瀬戸内の海賊を退治したそうなんです」

おみつが得意げに答えた。

「か、海賊？」

武家が目をまるくした。

「いまどき、海賊なんているんだねえ」

代蔵が驚いたように言った。

「わたしもびっくりしたんですけど、お役目が一つ終わってほっとしました」

おみつが胸に手をやった。

「はい、あまあま餅、お待たせね」

おかやがお盆を運んできた。

「わあ」

王之進の前に皿と小ぶりの湯呑みが置かれた。

「お団子もどうだい、王ちゃん」

持ち帰り場から大助が問うた。

ちょうどいま客に包みを渡し終えたところだ。小上がりの座敷では、二人の娘が猫をひざにのせてみたらし団子を食べている。芋団子が名物だが、みたらしや餡(あん)やよもぎなどの団子もうまい。

「うんっ」

王之進はすぐさま答えた。

「そんなに食べられる？」

おみつが問う。

「食べられなかったら、おっかさんが食べてくれるだろうから」

代蔵が言った。

安倍川餅をかみながら、王之進はこくりとうなずいた。

それから、ここでも廻船料理なには屋の話が出た。

「ご隠居さんはご存じでした？」

おみつが問うた。

「いや、江戸じゅうの見世に通じているわけじゃないから」

代蔵が笑みを浮かべる。

「なら、そのうちみなで」

暇な武家が水を向けた。

「ほかの常連さんにも言っておきます」

と、おはな。

「じゃあ、次のお休みの日に行きましょうか。あんまり大勢だとご迷惑かもしれないけど、これからもお世話になるかもしれないから」

おみつが言った。

「はい、お待ち。三本焼いたよ」

ねじり鉢巻きの大助がさっと皿を出した。

江戸の甘味噌をだしでいくらかのばして塗り、香ばしく焼きあげた芋団子だ。

「わたしも一本」

座敷の客が指を立てた。

「なら、わたしも」

そのつれも続く。

「へい、承知で」

大助は小気味いい返事をして持ち帰り場へ戻っていった。芋団子はそこで焼きたてを出している。

「茸雑炊、上がりましたよー」

喜四郎のよく通る声が響いてきた。

角之進と同じく、田楽屋という小料理屋で名人の八十八のもとで修業を積んだ若い料理人だ。事あるごとに叱られていた角之進と違って、いたって手際がいい。

「おう、そりゃすぐ食わねば」

甲斐庄喜右衛門が両手を軽く打ち合わせた。

「なら、またね」

伊勢屋の代蔵も王之進の頭をなでてから席に戻っていった。

王之進があんころ餅を食べ終わった頃合いに、ひょこひょこと猫が近づいてきた。

「おまえも角之進さまとは初お目見えね」

おみつがそう言って、猫の首筋をなでてやった。

「親猫も来ましたよ」

おはなが笑う。

いまのあまから屋には四匹の猫がいる。

きつね色をしたきつね、猫とは思えないほどふさふさの毛をしているのがたぬき。

どちらも雌だ。

お産をするたびに子猫はほうぼうへもらわれていく。あまから屋の猫は福猫で鼠（ねずみ）もよく捕るという評判が立っているから、もらい手に困ることはない。

あとの二匹はたぬきが産んだ雄猫で、どちらも一風変わった毛並みをしていた。

銀と白と黒、縞模様が実に美しい。

毛が長くて大きく立派な兄猫が利小太（りこた）。

たとえあきないの利は小さくとも見世が長く続くようにという願いのこもった名だ。

毛はさほど長くなく、まだ小さい弟猫が富士太（ふじた）。

どちらも「あま」のほうの人気者だ。

いまやってきたのは、母猫のたぬきだった。歳（とし）は重ねているが、まだまだ元気だ。

「はいはい、おまえがいちばん偉いからね」

おみつがそう言って首筋をなでてやると、たぬきは大きな音を立ててのどを鳴らしはじめた。

四

本八丁堀のなには屋にも文が届いた。

こちらは長兄の太平からだ。

途中まで読んだあるじの次平が目をしばたたかせた。

「なんやて？」

「どないしはりました？」

厨に入っている若い料理人の新吉が手を止めて訊いた。

「いや、諸国廻りっちゅうお役目の足をつとめることになったと書いてあるねん」

次平は文を指さした。

「諸国廻り？」

菱垣廻船の垣立を模した船べりの席に陣取った客が声を発した。

江戸の菱垣廻船問屋、富田屋のあるじの仁左衛門だ。

千石船は岸につけることができないため、大坂から運んできた荷は小船に移し替えて蔵に運ぶ。それを一手に引き受けているのが、江戸の後ろ盾とも言うべき富田屋だ。

「聞いたことがありませんね、旦那さま」

番頭の富蔵が首をひねる。

「わりかた新しいお役目みたいで。諸国を廻って悪党を退治しはってるそうですわ。ほんで、船に乗っていったら何かと好都合やっちゅうことで、浪花屋が足をつとめることになったみたいで。それで……」

次平は座り直してから続けた。

「このあいだうちの塩廻船が海賊にやられてえらい目に遭うたばっかりですけど、その敵を諸国廻りはんが討ってくれはったと書いてありますわ」

「まあ、それはせめてものことで」

おかみのおつるが子を寝かしつけながら言った。

去年生まれた跡取り息子だ。

父から「平」の一字を採って平蔵と名づけた。

「そうだね。ずいぶん心を痛めていたんだが」

富田屋のあるじはそう言って、肴の蓮根煎餅を口に運んだ。

なには屋では日替わりの中食の膳を出す。菱垣廻船で運ばれてきた上方の酒や塩や醤油や味噌と、蝦夷地から瀬戸内を経て大坂に入る昆布を使った料理は、多くの客に親しまれている。

二幕目は小粋な肴が出る小料理屋になる。池田に伏見に灘に西宮、上方の酒どころから運ばれてきた上等の銘酒を出すとあって、ここからのれんをくぐる客も多かった。いま出ているからりと揚がった蓮根煎餅には、赤穂の塩が振りかけられている。

「で、その諸国廻りはん、名を飛川角之進さまと言わはるんやけど、今度の千都丸に乗って戻られるそうなんですわ。ほんで、江戸で一服してから、みちのくのほうへ悪者退治に行かはるんやとか」

次平はそう言って文をたたんだ。

「だったら、ここへ見えたらご馳走しないと」

おつるが笑みを浮かべた。

「あ、そや」

次平は一つひざを打ってから続けた。

「その諸国廻りはんの身内が、団子坂で料理屋と甘味処が一緒になった見世をやらはってるそうで」

「ほう、団子坂で」

仁左衛門が猪口を置く。

「ここからはいくらか遠いですな」

番頭が言った。

「あっちのほうはあんまり行かないから、そのうち行ってみたいかも」

おつるが乗り気で言った。

「団子坂はともかく、銀町（しろがねちょう）のほうへ行ってくれるか、おつる。平蔵はわいが見てるさかいに」

次平が言った。

「文を渡すのね」

おつるが心得て言った。

「そや。おさやのほうにも伝えといてくれって書いてあるねん」

次平はそう言って、文を女房に渡した。

「はい、承知で」

なには屋のおかみは明るい声で答えた。

五

銀町の角に、二軒目のなには屋がある。

本八丁堀からはさほど遠くない。高橋を渡り、越前堀を越えれば、もうすぐそこだ。

大坂から届いた文を帯にはさんで、おつるは急ぎ足で歩いた。

すれ違った男が思わず振り返る。目鼻だちが整っているばかりか、背丈がずいぶん高く、頭一つ抜きん出ていた。

それもそのはず、おつるの兄で十手持ちの亀吉は元相撲取りだ。長身の血を引いているから、平蔵もきっと大きくなるだろう。

二軒目のなには屋は、次平の妹のおさやとそのつれあいの宗吾が切り盛りしていた。ほかに、中食だけ手伝う娘が入っている。

銀町のなには屋に近づくと、中からわらべの泣き声が聞こえてきた。こちらにも、平蔵からいくらか遅れて生まれた跡取り息子がいる。

「大坂から文が届きましたよ、おさやさん」

おつるはのれんをくぐるなり帯から文を抜き、おかみのおさやに渡した。

「ああ、おおきに」

おさやは礼を言って受け取ると、小上がりの座敷の隅で泣いているわらべのほうを見た。

「もう泣かんとき」

跡取り息子に向かって言う。

「どうしたの？」

おつるが声をかけた。

「壁につかまって立とうとしてしくじってしまったんだよ」

一枚板の席の客が言った。

本八丁堀の本店のように、菱垣廻船を模した船べりの席はない。構えもひと回り小さいが、檜（ひのき）の一枚板はていねいに拭かれており、座敷や神棚などには切り花の花瓶（かびん）が置かれている。小体（こてい）ながら、清（すが）しい雰囲気だ。

「それは少し前までのうちの子と同じです」

おつるが笑みを浮かべた。

「そちらのほうがちょっとお兄ちゃんだからね」

醤油酢問屋、上総屋（かずさや）の隠居の善蔵（ぜんぞう）が笑みを浮かべた。

以前からなには屋に通ってくれている常連だ。その隣では、お付きの手代の松之助が栗おこわをうまそうに口に運んでいる。

「そのうち、一緒に遊ぶようになりますよ」

あるじの宗吾が言った。

大坂からおさやが出てきたときは、兄の次平、料理人の新吉と三人でなには屋を切り盛りしていたのだが、宗吾と夫婦になってこの二軒目のなには屋を開いた。

跡取り息子の名は宗次郎だった。

宗太郎ではないのにはわけがある。おさやが初めて身ごもった子は、悲しいことに流してしまった。その水子供養のためにさる僧に彫ってもらった木彫りの像に「宗太郎」と名づけ、いまも大事にしている。その次に授かった子だから宗次郎という名になった。

「へえ、浪花屋が諸国廻りはんの足に……」

文に目を通していたおさやの顔に驚きの色が浮かんだ。

「諸国廻りだって？」

隠居がけげんそうに問うた。

「そういうお役目ができたそうなんですよ」

おつるがそう言って、ひとわたりいきさつを伝えた。

「へえ、そりゃ鼻が高いね」

善蔵がおさやのほうを見た。

「『お父はんはほまれに思ひ、それはそれは上機嫌で』ってお兄はんの文に書いてあります。ほんま、目ェに浮かぶみたいやわ」

おさやは瞬きをした。

「またはしゃいで羽目を外さなきゃいいけどね」

上総屋の隠居がそう言って、しめ鯖の辛子和えを口に運んだ。

播州竜野の薄口醬油で溶いた辛子でしめ鯖を和えると、こたえられない酒の肴になる。

「それはお母はんが手綱を締めてはると思いますんで」

おさやが身ぶりをまじえて言った。

いつのまにか宗次郎が泣き止み、でんでん太鼓で遊びはじめた。

「面白いかい?」

宗吾が声をかける。

通じたのかどうか、跡取り息子は顔をほころばせた。

六

「もうそろそろだな」

先頭を歩く飛川主膳が言った。

「ほら、もうちょっとだよ」

おみつが手を引いた王之進に言う。

途中まで駕籠で向かい、あまから屋の面々と待ち合わせ場所で落ち合ってからここまで休み休み歩いてきた。

「よく気張ったね」

伊勢屋の代蔵が声をかけた。

王之進は小さくうなずいた。

「気張ったのはわしで」

甲斐庄喜右衛門が腕をさする。

坂やぬかるみのあるところは、あまから屋の常連の武家が抱っこして運んできた。

「そこを曲がったところですかな」

面妖ないでたちの男が次の角を指さした。

戯作者の山村十主水だ。子の名前を十兵衛にするか主水にするか親が迷ったあげく、ままよとばかりに十主水にしてしまった。その親にしてこの子ありと言うべきか、いつもひと目で普通の人ではないと分かるいでたちをしている。山吹色の着物に朱色のかまわぬ模様が散らされ、紅白の子持ち縞の帯を締めているのだからどうも目がちかちかする。本業の戯作のほうは久しく当たりが出ていないが、かわら版や引き札（広告）の文案などの仕事を多くこなしているため、暮らし向きはまずまずのようだった。

「もう少しだぞ」

主膳が孫を励ます。

「はい」

いくらか疲れた声で、王之進が答えた。

あまから屋の喜四郎とおはな、大助とおかやはそれぞれべつの場所へ向かっている。あまり大勢だと入れないかもしれないから、数を絞ることになったのだ。

大助とおかやはただの芝居見物だが、喜四郎とおはなは違った。おはなは来春、待望の子を産むことになっている。無事生まれてくるように、今日は水天宮にお参りだ。

次の角を曲がった。

「あれですね」

おみつが真っ先に見つけた。

鮮やかな銀朱（ぎんしゅ）ののれんと立て看板が出ていた。

看板には、こう記されていた。

な　何でもそろふ
に　人情の味
は　葉物から活魚まで
　　廻船料理なには屋

七

「なるほど、諸国廻り様はこいつに乗って江戸へ向かってるわけですな」

垣添隼人与力（かきぞえはやとよりき）がそう言って、菱形の木組みが美しい船べりの席をぽんとたたいた。

「さようで。江戸でひと息入れたら、今度はみちのくへ行くことになっております」

主膳が答えた。

「瀬戸内で手柄を立て、しばし休んだだけでみちのくですか」

松木重三郎同心（まつきじゅうざぶろうどうしん）が言った。

南町奉行所の隠密廻り（おんみつまわ）同心で、上役の垣添与力とは御神酒徳利（おみきどっくり）と呼ばれている。

「諸国悪党取締出役ですからな。日の本じゅうの悪党を取り締まるのが役目で」

主膳は得意げに言うと、鰈（かれい）のみぞれ煮に箸を伸ばした。

濃い目の煮汁で、大根おろしを加えるとちょうどよくなる匙（さじ）加減が難しい料理だが、薄からず濃からずのいい按配だ。

「八州（はっしゅう）廻りだと、江戸へ逃げこんだら捕まえられなかったりしますが、諸国廻りはどうなんです？」

甲斐庄喜右衛門が問うた。

船べりの席には四人の武家が陣取っている。おみつと王之進、それに伊勢屋の代蔵と山村十主水は座敷だ。

八州廻りの正式役名は関東取締出役で、関八州の天領、私領を問わずに大勢の手下を引き連れて巡回して恐れられたが、江戸へ逃げこんだ悪党は町方に託さねばならないことになっていた。

「いや、日の本には江戸も含まれるので、捕まえられないということはないのだが、なにぶん諸国廻りはできたばかりで、さしたる手勢がいるわけではない。町方の助力を得なければ、江戸に逃げこんだ悪党の捕縛はできますまい。ささ、お一つ」

ここは根回しとばかりに、主膳は垣添与力に酒をついだ。

御庭番の家系とはいえ、かつてはほぼ無役で退屈そうにしていたのだが、諸国廻りの江戸家老のような地位に就いて俄然やる気が出てきたようだ。

「では、江戸に着いたら、そのうちお奉行にもお引き合わせを」

与力はそう言って猪口の酒を呑み干した。

「奉行所へ出向くわけですな」

と、主膳。

「いや、それには及ばぬのですよ」

垣添与力はにやりと笑ってあるじのほうを見た。

「お奉行さまは、お忍びでうちへ来られるんですわ」

次平が告げた。

「車坂伊賀守柿右衛門（くるまざかいがのかみかきえもん）さまなので、うちでは車屋さんとお呼びしてます」

おつるが言う。

「なるほど。町奉行へはおそらく若年寄様からひそかに内達が出ているとは思うが」

主膳は少し首をかしげた。

「じかに話をしておけば、後々の役に立つでしょう」

松木同心が言った。

隠密廻りだから、今日は棒手振り(ぼてふ)のなりだ。

そこで、座敷のほうから歓声がわいた。

「はい、お待たせしました」

毎日ではないがなには屋を手伝うようになったおとしという娘が皿を置いた。

「甘(あも)うておいしいで、坊」

厨から新吉が言う。

座敷に運ばれていったのは、焼き柿だった。

「なには屋の隠れた名物だからよ」

初めから座敷にいた亀吉が言った。

おつるの兄の十手持ちだ。

「酔いざましに食ったらうめえんだ」

魚屋の三五郎(さんごろう)が笑みを浮かべた。

もと大神亀の亀吉と同じく、四股名を猫又という元力士だ。もっとも、得意技はめったに効かない猫だましで、下のほうの取的のまま終わった。

「あ、甘い」

焼き柿を食した王之進が目をまるくした。

「柿は焼いたら、嘘みたいに甘くなるから」

おつるが笑顔で言った。

「それに上等の味醂をかけてあるさかいに」

次平が胸を張る。

「やつがれにも一つ」

戯作者が芝居がかったしぐさで指を一本立てた。

「じゃあ、わたしも」

「そりゃ、食べないわけにはいかないだろうね」

おみつと隠居も手を挙げた。

「いま蒸し寿司ができますよってに、そのあとでお出ししますわ」

手を動かしながら新吉が言った。

ほどなく、料理ができあがった。

おつるとおとしが小気味よく動き、船べりの席と座敷に運ぶ。

蓋を取ると、ふわっといい香りが漂ってきた。

「これは穴子か？」

主膳がたずねた。

「へえ。江戸前の穴子を上方の料理で出させてもろてます」

新吉が答えた。

「大坂と江戸のええとこどりが、なには屋の味ですんで」

あるじの次平が胸を張った。

「ああ、うまいね」

さっそく食した伊勢屋の代蔵がまず声をあげた。

「寿司飯を蒸したら、いい按配（あんばい）に酢が飛んでまろやかな味になりますので」

おつるがよどみなく言った。

「ほんと、うちでも出したいくらい。焼き穴子がふんだんに入ってて、散らしてある三つ葉も上品で」

おみつがうなった。

王之進を育てねばならないため、あまから屋はおおむねみなに任せているが、かえって大おかみの貫禄が出てきた。

「なら、次は食いに行くよ」

亀吉が言った。

十手持ちはあまから屋を知っていた。前を通りかかったときに芋団子を食べたこともあるらしい。

「お待ちしております」

おみつは如才なく答えた。

「せっかく縁ができたんだ。これからは、仕入れとかで助け合うところは助け合ってやっていきな」

垣添与力が言った。

「どうぞよろしゅうに」

次平が座敷のおみつに向かって頭を下げた。

「こちらこそ。角之進さまが江戸へ着いたら、また来させていただきます」

おみつが笑顔で答えた。

ちょうど王之進が焼き柿を食べ終わった。

「おいしかった？」

おみつが問う。

「うんっ」

わらべが元気よく答えたから、なには屋に和気が満ちた。

「どんどん焼いてますんで」

新吉が言う。

「もう一つ食うか、王之進」

船べりの席から祖父がたずねた。

「いくらでも焼くよ」

おつるが言う。

「もう一つ」

王之進は勢いよく右手を挙げた。

第十章　江戸の土

一

沖の白帆がだんだんに近づいてきた。

そこに記されているほまれの屋号が、やがてくっきりと見えるようになった。丸に花だ。

浪花屋のほまれの菱垣廻船、千都丸は荒波越えて江戸に着いた。

ほどなく錨(いかり)が下ろされた。

「着きましたな、飛川さま」

船頭の巳之作が笑顔で言った。

「ああ、もうすぐ久々に江戸の土を踏める」

やや安堵した顔で、角之進は答えた。

「どないでした、初めての長い船旅は」

巳之作が訊く。

「荒れさえしなければ、大海原をながめているのは心が洗われる」

角之進は答えた。

「熊野灘と遠州灘でいささか揺れたからな」

左近が苦笑いを浮かべた。

「あそこは難所ですさかい」

と、船頭。

「まあ、何事もなくて良かった」

角之進は胸に軽く手をやった。

「また東廻りで仙台へ行きますさかい、荒れることもありまっしゃろ。覚悟しといておくれやっしゃ」

巳之作は少しおどすように言った。

「慣れれば平気だ」

角之進は白い歯を見せた。

「そら頼もしい」

船頭も笑う。

「お、来たぞ」

左近が指さした。

旗を立てた小船がつれだって近づいてくる。

「富田屋はんの船ですわ。……おーい」

船頭が手を振った。

小船に乗り組んだ者も手を振り返す。

「よっしゃ、荷下ろしの支度や」

船頭の声が高くなった。

「へい」

「承知で」

水主(かこ)たちの弾んだ声が響いた。

「終(しま)いにしくじるな」

巳之作は気の張った声をかけた。

「分かってま」

「あんじょうやりまっせ」

いい声が次々に返ってきた。

二

小船で河岸(かし)に着いた角之進たちを出迎えたのは、富田屋のあるじの仁左衛門だった。

荷下ろしは番頭に任せて、菱垣廻船問屋のあるじは諸国廻りを本八丁堀のなには屋へ案内した。

「奥様がひと足先にお見えになったそうですよ」

なには屋に向かって歩きながら、仁左衛門が言った。

「おみつが？」

角之進が驚いたように問うた。

「ええ。お子様をつれて。焼き柿をたくさん召し上がったそうです」

手代を供につれた仁左衛門が伝えた。

「そうか。王之進も」

角之進がうなずく。

「なには屋で顔つなぎが終わったら、すぐお屋敷のほうへお戻りくださいまし。久々の江戸の土でございますから」

富田屋のあるじが言う。

「見世の者と顔つなぎをするのだな」

と、角之進。

「それもありますが、ほかにお引き合わせしたい方がいるということで、いまばたばたと動いているようです」

仁左衛門は笑みを浮かべた。

「それはだれだ？」

左近が問うた。

「そのあたりは、なには屋に着いてからということで」

富田屋のあるじは行く手を示した。

諸国廻りが来ることは、あらかじめなには屋に伝えられていた。

仁左衛門がまずのれんをくぐり、角之進と左近が続いて入ると、次平とおつる、それに新吉がいっせいに深々と頭を下げた。

座敷で赤子の泣き声が響いた。跡取り息子の平蔵を、新入りの手伝いのおとしがあやしている。

「諸国廻りの飛川角之進さまと、補佐役の春日野左近さまだ」

富田屋のあるじが紹介した。

「ようこそのお越しで。大坂の廻船問屋浪花屋の次男で、ここのあるじをやらせてもろてます次平だす」

次平があいさつした。

かなり硬い顔つきだ。

「おかみのつるです。ようこそのお越しで。まあ、そちらへどうぞ」

おつるは船べりの席へ案内した。

「ほう、うわさには聞いていたが、立派なものだな」

角之進はそう言って船べりの席に腰を下ろした。

なには屋へ行ったことがある千都丸の船乗りたちから事細かに聞いていたが、実際に見ると予想より巧緻（こうち）な造りだった。

「船から下りたら、また船か」

左近が苦笑いを浮かべた。

「お昼がまだでしたら、名物の淀川丼をお出しでけますけど」

次平がおずおずと問うた。

「その名物のうわさも聞いていた。では、もらおうか」

角之進は答えた。

「おれもくれ」

左近も手を挙げた。

「ごめんね、おとしちゃん」

おつるは平蔵を抱っこすると、手伝いの娘に何か耳打ちをした。

おとしは心得た顔で、ほどなくなには屋から出ていった。

「へい、お待ちで」

ややあって、料理人の新吉が淀川丼を出した。

身のぷりぷりした青柳をだしと薄口醤油で煮る。合わせるのは糸蒟蒻だ。あくを抜いて食べやすい長さに切った糸蒟蒻と青柳を平たい鍋で炒り、ほかほかの飯にのせて煮汁をかける。仕上げに葱や青紫蘇の薬味をかければ、なには屋名物の淀川丼の出来上がりだ。

江戸で食されているのは深川丼だ。こちらは濃口醤油を用いる。上方の下り醤油を使ったこちらは大坂の川にちなんで淀川丼という名にした。客には好評で、折にふれて中食の顔になる。

「おお、こりゃうまそうだ」

角之進はさっそく箸をとった。

「ずっしりと重いぞ」

左近が笑みを浮かべる。

「どうぞ召し上がってくださいまし」

おかみのおつるが笑みを浮かべた。

「……うまい」

わしわしとほおばった角之進がそう声を発したから、なには屋の面々はこぞってほっとした顔つきになった。

「薄口でも味はしっかりしてるな」

と、左近。

「糸蒟蒻がよく効いておる。こりゃあ名物になるだろう」

角之進はそう言って、またひとしきり箸を動かした。

「味噌汁もうまいぞ」

左近が言う。

それやこれやで昼餉が終わり、富田屋のあるじも含めて酒が出た頃合いに、おとしとともにおさやが入ってきた。

「わての妹で、二軒目のなには屋のおかみのおさやですわ」

次平が紹介した。

「さやと申します。あるじは小っさい子ォの守りがあって来られませんが、いずれうちにもお越しくださいまし」

おさやは笑みを浮かべて言った。

「そっちにも小さい子がいるんだな」

と、角之進。

「はい。こっちの平蔵ちゃんよりちょっとだけ下で」

おさやが答えた。

「そりゃにぎやかでいいな」

左近が言ったとき、表で駕籠が止まる気配がした。

「来たね」

仁左衛門が腰を浮かせた。

ほどなく、駕籠から一人の着流しの武家が下り立ち、なには屋ののれんを悠然とくぐった。

「お待ちしておりました、車屋さん」

おかみのおつるが笑みを浮かべた。

三

「昼間っからこんな恰好で相済みませぬが、腰の療治をしないことには、白州で寝る羽目になってしまうので」

お忍びの南町奉行、車坂伊賀守柿右衛門が諸国廻りに向かって言った。

「腰の療治ですか」

角之進が訊く。

「ここの常連の按摩の腕がいいので、折にふれて通って町奉行の威厳を取り繕っている次第で」

お忍びの奉行は腰に軽く手をやった。

冬扇という名の按摩だ。女房の三味線弾きのおすがと組んだ甚句は玄人はだしで、ひとたび辻に立って披露すれば馬鹿にならないおひねりが飛ぶ。

「療治をすると具合が良くなりますか」

角之進がそう言って酒をついだ。

「それはもうべつの体になったみたいで。ま、三日もすればまただんだんもとの腰痛侍に逆戻りなんだが」

南町奉行は自嘲気味に言った。

ここで肴が出た。

松茸のはさみ焼きだ。はさんであるのは鴨の肉で、松茸と相まって、なんとも渋い大人の味がする。

そうこうしているうちに、垣添与力と松木同心、それに、つなぎ役として駆け回っていた十手持ちの亀吉もやってきた。

役者がそろったところで、海賊退治の仔細を問われた角之進が勘どころだけかいつまんで伝えた。妖術を操る瀬戸内の海賊のかしらを退治した話を、みな感心の面持ちで聞いていた。

「おれなんぞ、朱引きの内側だけが縄張りだから、そんな怖ろしいやつと対決することなどこの先もあるまいが」

お忍びの奉行が言った。

「日の本の辺鄙（へんぴ）なところには、どんな怖ろしい悪者が巣くっているか分かりませんな」

垣添与力が言う。

「だからこそ、諸国廻りという役職が設けられたのでしょう」

松木同心がうなずいた。

「微力を尽くしますが、もし江戸にも関わりのある悪党が出ればお力添えを」

角之進がお忍びの奉行に言った。

「承知いたした。今後ともよしなに」

車坂伊賀守は居住まいを正して一礼した。

四

その後、小半刻（こはんとき）（約三十分）ほどなにには屋で過ごしてから、角之進は屋敷に向かった。

近づくにつれ、おのずと足が速まった。あとから来た客にあやされているなにには屋の平蔵を見るにつけ、思い出されてくるのはわが子の顔だった。どれくらいの背丈になったことか。達者にしているとは聞いたが、どんな顔をしているか。

そう思うと、おのずと足が速まった。

門をくぐるなり、角之進は大きな声で告げた。

「ただいま戻りました」

「無事のお帰りで」

小者があわてて出迎え、盥の支度を始めた。

家のほうもあわただしくなる。

ほどなく、懐かしい顔が現れた。

「お役目、ご苦労さまでございました」

おみつが三つ指をついて出迎えた。

もうすっかり武家の妻の所作だ。

「いま帰った。王之進は？」

角之進はすぐさま問うた。

「義父上と義母上のもとに」

おみつは答えた。

「そうか」

角之進は盥で足を洗うのもそこそこに廊下を歩きだした。

その前に、息子が姿を現した。

「父上！」

両手を前に出して駆けてくる。

「王之進」

角之進は息子をしっかりと抱きとめた。

なぜかそのとき、あの天狗の鼻に打ち寄せる白波がありありと心に顕った。危うい
ところで海賊を成敗し、こうして家族のもとへ生きて戻れたありがたみを、角之進は
しみじみと感じた。

「大きゅうなったな」

「はい」

王之進は元気よく答えた。

「ずいぶん背丈が伸びました」

おみつが笑みを浮かべた。

「だれかと思うたぞ」

角之進はわが子の頭に手をやった。

そこで廊下に母の布津が姿を現した。

「ただいま帰りました、母上」

そちらへ向かいながら、角之進が言った。

「お帰りなさい。お役目、ご苦労さまでした。さ、こちらへ」

布津は身ぶりで示した。

奥の座敷には主膳が座っていた。すでに酒肴(しゅこう)の用意ができている。足のついた膳には焼き鯛と盃が載っていた。

「父上、ただいま戻りました」

角之進はていねいにあいさつした。

「うむ、大儀だったな」

主膳は機嫌のいい声で労をねぎらった。

その後は鯛をつつきながら、布津とおみつもまじえて、ひとしきり土産話に花が咲いた。ただし、母と女房をあまり案じさせてはと、海賊との死闘のくだりはだいぶ端(は)折(しょ)って伝えた。

「若年寄様の話によれば、上様もことのほかお喜びのようだ。褒美の品も頂戴できそうだぞ」

主膳はそう言って、盃の酒をぐいと呑み干した。

「もったいないことでございます。ところで……」

角之進は座り直して続けた。

「次はみちのくのほうへという見立てが出たとうかがいましたが」

いくらか声を落として訊く。

「おお、そうじゃ」

主膳は盃を置いた。

「大鳥居宮司の見立てによると、みちのくの小藩、おそらくは陸中閉伊藩とおぼしいところにただならぬ怪しい暗雲がかかっている由」

諸国廻りの江戸家老役はそう伝えた。

世に知られぬ古さびた社を守る大鳥居大乗は角之進より年下だが、並々ならぬ霊力の持ち主だ。

「ただならぬ怪しい暗雲でございますか」

角之進の眉間に少ししわが寄った。

おみつと布津の表情もそこはかとなく曇る。

「さよう。諸国廻りでなければ退治できぬ敵かもしれぬな、ははは」

自ら退治に出向くことはない主膳は上機嫌だったが、角之進の母と女房はなおいくらかあいまいな顔つきだった。

その後は段取りの打ち合わせになった。

千都丸が出航するまで十日くらいの猶予がある。そのあいだに登城し、若年寄に報告することで話がまとまった。

「登城の日までは、王之進もつれてあまから屋へ行ってきなさい」

布津が穏やかな表情で言った。

「承知しました」

角之進はうなずいた。

「あまから屋の厨に入るのは久しぶりです。喜四郎に何か瀬戸内の料理を教えてきましょう」

久々に江戸の土を踏んだ男は乗り気で言った。

五

その晩――。

「ああ、家の布団は落ち着くのう」

角之進は手足を大きく伸ばして言った。

「お船は不自由でしたか」

おみつが問うた。

「いささか背中が痛くなった」

角之進は答えた。

「ゆっくりお休みくださいましな」

と、おみつ。

王之進は寝息を立てていた。

角之進が留守にしているあいだの暮らしぶりや、あまから屋のことなど、夫婦はなおしばし語らった。

「やっと帰ってきたと思ったら、またつとめだ。すまぬな」

角之進はわびた。

「そういうおつとめですから」

おみつが言った。

「とは申せ、たった十日とは短いことだ」

角之進は嘆息した。

「仕方ありません。でも……」

おみつは言葉を切った。

「何だ？」

角之進は優しい声で先をうながした。

「たとえどんな敵と戦うことになっても、きっと、みつと王之進のもとへ戻ってきてくださいまし」

おみつは情のこもった声で言った。

角之進は答えず、恋女房のほうへ手を伸ばした。

六

「大きゅうなったのう」

角之進が利小太を抱っこして言った。

「弟猫もだんだんに大きくなってます」

おはなが富士太を指さした。

「おう、兄のように大きゅうなれ」

角之進は笑顔で声をかけた。

翌日の団子坂のあまから屋だ。

おみつと王之進とともに朝から訪れた。重くなったからいささか腕は疲れたが、途中まではわが子を抱っこして運んだ。心地いい疲れだ。

「では、中食の膳はどういたしましょう」

喜四郎がたずねた。

「久々につくってみては、おまえさま」

おみつが水を向けた。

「そう思って作務衣を着てきたのだ」

角之進は二の腕をぽんとたたいた。

「瀬戸内の地の料理はいかがでしょう」

おはなが笑みを浮かべた。

「蟹雑炊がうまかったんだが、あるものでつくるしかないな」

角之進はあごに手をやった。

「蟹はさすがに江戸前じゃ厳しいですね」

と、喜四郎。

大助は持ち帰り場の芋団子の仕込みだ。初めての顔合わせになるが、さきほどいくぶん緊張気味にあいさつしていた。

「茸はたっぷり入ってるから、茸雑炊ならいけそうですよ。あるいは、茸の天麩羅のうどんとか」

おみつが言った。

「そうか……ほかに入っている食材は？」

角之進は喜四郎にたずねた。

「いい海老が入ってます」

喜四郎は答えた。

「ならば、中食は海老天うどんに、茸の炊き込み飯でどうだ。雑炊だといささか汁気が重なるゆえ」

角之進は絵図面を示した。

「承知しました。では、うどん打ちをお任せします」

喜四郎が白い歯を見せた。

「よし」

角之進は気を入れてうどんのこねに取りかかった。

その足もとに、たぬきときつねが来て身をすり寄せる。

「おお、飼い主を憶えてるか」

角之進は笑みを浮かべた。

「たぬきは偉いのう。利小太と富士太、立派な子を二匹も産んだ」

角之進がほめてやると、たぬきは自慢げに、

「くわー」

と、ないた。

こしのあるうどんが打ち上がった。喜四郎が出しているうどんに比べるといささか

不揃いだが、ぷりぷりした歯ごたえのあるうどんだ。

これにさくさくの衣の海老天が二本のる。そのうどんに、茸と油揚げがたっぷりの炊き込み飯が添えられる。あまから屋自慢の中食の膳ができた。

評判は上々だった。王之進も小さな器に取り分けてもらい、「あま」のほうではふはふ言いながら食べていた。

なかには角之進の顔を見ていぶかしそうにしている客もいたが、古くからのなじみの客は懐かしがってくれた。

「御役で遠方へお出かけと聞きましたが、これからはずっとここに？」

常連の一人が問うた。

「いや、またすぐ出かけねばならぬのだ」

角之進は答えた。

「それはそれは、ご苦労さまでございます」

客は気の毒そうに言った。

中食の膳は滞りなく売り切れ、二幕目に入った。「あま」のほうがにわかに活気づき、娘たちの笑い声と、大助が芋団子の呼び込みをする声が調子よく響いた。

うどんに続いて、角之進は餅もついた。おみつがこねて、角之進が杵（きね）でつく。久々とは思えないほど息が合っていた。

「今日のお餅、おいしい」

「ほんと、もちもちしてる」

娘たちはみな笑顔だった。

二幕目には「から」のほうで瀬戸内の料理をつくった。

瀬戸内では飯借り(ままかり)と呼ばれる魚は、江戸ではサッパという名だ。ただし、雑魚(ざこ)としてあまり珍重はされていなかった。

その代わり、似た仲間のコハダが入っていたから酢じめにして供した。

「これは酢がいい按配ですね」

喜四郎がうなった。

「むろん、寿司にしても合うぞ」

角之進は寿司を握るしぐさをした。

「承知しました。いずれ中食で寿司も出してみようと思っていたんです」

あまから屋の厨を託した男はいい目の光で答えた。

そんな按配で、角之進が久々にあまから屋で過ごした一日は和気藹々(わきあいあい)のうちに終わった。

七

登城の日になった。

父の主膳とともに登城した角之進は、まず若年寄の林忠英にこのたびの海賊退治の首尾を伝えた。

「大儀であった」

若年寄は満足げに言った。

「はっ、なんとかお役目を果たすことができました」

角之進はやや硬い顔つきで答えた。

「福山藩からは何か動きはございましたでしょうか」

主膳がたずねた。

「なにぶんご老中が藩主ゆえ、このたびの不首尾は悪しき湊奉行の独断専行ということで一件落着に」

若年寄が答えた。

「それで良うございましょうな」

主膳はうなずいた。

「この先、瀬戸内に海賊が現れることはあるまい。さて……」

若年寄は座り直して続けた。

「このたびの手柄は、上様もことのほかお喜びだ。ついては、じきじきに褒賞を手渡したいと仰せでな」

「上様が、じきじきに」

角之進の顔に驚きの色が浮かんだ。

「さよう」

将軍家斉の寵臣はそう言うと、やおら立ち上がった。

「ついてまいれ。主膳殿も」

若年寄が言った。

「はっ」

親子の声がそろった。

八

黒書院にてお成りを待っていると、控えめに太鼓が鳴り、将軍が姿を現した。

「苦しゅうない、面を上げい」

家斉は言った。

「はっ」

角之進は顔を上げ、実父でもある将軍を見た。

黒縮緬に着流し、髷を白い元結で留めたいつものいでたちだ。

「仔細は出羽守より聞いた」

家斉は林忠英を指さした。

「大儀であったの、斉俊……いや、いまは飛川角之進か」

家斉は呼び名を改めた。

斉俊はわけあってかつて名乗っていた名だ。

「はっ、ありがたき幸せ」

角之進は硬い顔つきで答えた。

「うむ。……あれを持て」

将軍は小姓に命じた。

「ははっ」

控えていた小姓は、芝居がかったしぐさで刀を運んできた。

黒々とした鞘に収められている。

「褒賞としてつかわす」

家斉は言った。

「それがしにでございますか」

角之進は目を瞠った。

「このたびの海賊とのいくさで、大小を失うたと聞いた。脇差はそのほうがあつらえてやれ」

家斉は主膳に言った。

「心得ました。飛川家にとりまして、この上なきほまれでござりまする」

主膳は両手をついて頭を下げた。

角之進も続く。

「諸国廻りの出自を示す際、ふところの巾着に縫い取られた葵の御紋を示していたとか。それではいささか締まらぬゆえ、向後はそれを示せ」

若年寄が恩賜の大刀の柄(つか)を指さした。

黒に銀朱、美しい柄巻きが施されたところに、目に鮮やかな金で葵の御紋があしらわれていた。

「励めよ」

慈父の表情で、家斉が言った。

「ははっ」

角之進は気の張った声を返した。

終章　大川の水

一

草吉が帰ってきた。

東海道の街道筋をたどってみたところ、悪党の影はいくつか見えた。ただし、いずれも諸国廻りが立ち向かう巨悪とは言いがたく、代官などに任せておけばよさそうなものばかりのようだった。

角之進は出発までに大鳥居宮司の神社を訪ねることにした。これには主膳と草吉も同行した。

幕府の影御用をつとめる神社は、古さびてはいるがさほどの構えではない。幕府に神託めいたことを行っていることは秘中の秘ゆえ、角之進と主膳は時をずらして本殿に入ったほどだった。

「その後、みちのくのほうの暗雲はいかがでしょう」

祭壇が据えられている奥の座敷で、主膳がたずねた。

「ますます濃くなるばかりです」

少壮の宮司が答えた。

「陸中閉伊藩で間違いないのでしょうか」

今度は角之進が問う。

「十中八九は。藩主は病を理由に参勤にも応じず、みちのくの小国に閉じこもっております。その上に面妖（めんよう）なる暗雲が」

大鳥居大乗は答えた。

「これから冬になると雪に閉ざされるな」

主膳は渋い顔で腕組みをした。

「かと言って、菱垣廻船が停泊できる湊（みなと）は近くにないはず」

角之進が言った。

「いざとなれば、海が穏やかならば小船を出すという手があります」

草吉が表情を変えずに言った。

「その小船はどうする？」

角之進がすかさず問うた。

「仙台で運び入れればいかがでしょう」

忍びの者は答えた。

「なるほど。危ういが、それは一つの手だな。いずれにせよ、また難しいつとめになりそうだ」

主膳が言った。

「春を待つには、ただならぬ暗雲です。民はすでに過酷な運命を甘受しているかもしれません」

宮司が重々しく言った。

「承知しました」

角之進は肚(はら)をくくって答えた。

「行かずばなりますまい」

諸国廻りの顔で、角之進は言った。

二

菱垣廻船問屋の富田屋からの使者が飛川家に来た。

それによると、仙台へ運ぶ古着などの荷積みはあらかた終わり、明日には出航できるということだった。

支度を整えた角之進は、おみつと王之進とともに浅草へ向かった。家族で一緒に過ごせるのは今日かぎりだ。明日からはまた新たな諸国廻りの旅が始まる。

まずは浅草寺にお参りをした。

お役目の首尾や家内安全などを願っていたら、つい長くなった。それはおみつも同じようだった。

「おまえは何をお願いしたんだ？」

角之進は王之進にたずねた。

「背が伸びるようにと」

王之進は身ぶりをまじえて答えた。

「だいぶ伸びたじゃないの」

おみつが笑って言った。

「でも、よく見えないから」

王之進はあいまいな顔つきで答えた。

「ならば、肩車をしてやろう」

角之進はしゃがんだ。

「うん」

王之進は急に笑顔になって、父の肩にまたがった。

「いいか。しっかり持っていろ」

角之進は息子に言った。

「放しちゃ駄目よ」

おみつが気遣う。

「はい」

王之進は少し緊張気味に答えた。

「それっ」

角之進はやにわに立ち上がった。

「わあ」

王之進は思わず声をあげた。

「高いね」

と、おみつ。

「重くなったな。よく見えるだろう？」

わが子の重みをしっかりと感じながら、角之進は訊いた。

「うんっ」

肩の上で、王之進の弾んだ声が響いた。

三

繁華な奥山へ行き、ひとしきり大道芸などを見物した。恐ろしげな見世物小屋こそしり込みしていたが、王之進はいくたびも歓声をあげていた。

「明日からおつとめなのに、お疲れではないですか？　おまえさま」

おみつがたずねた。

「たしかに、いくらか肩が痛くなってきたな。団子でも食うか」

角之進は水を向けた。

「ああ、いいですね。あまから屋の学びにもなりますから」

おみつはすぐさま乗ってきた。

「お団子」

王之進も言う。

「よし。なら、ここからは歩いていけ」

角之進は子を下ろした。

いくらか歩き、仲見世（なかみせ）の茶見世に入った。

「いくらでも食え」

角之進は息子に言った。

王之進はさんざん迷っていたが、おみつが助け舟を出してみたらし団子と餡（あん）団子を頼んだ。

「おいしい」

王之進は喜んで食べていたが、大人の舌に照らせばどちらもいささか甘みが強すぎるように思われた。

「あまから屋のほうが上だな」

角之進は小声で言った。

「わたしもそう思います」

おみつも声をひそめて答えた。

団子はいま一つだったが、茶はなかなかにうまかった。お代わりも所望し、角之進とおみつはなおも語らった。

「あまから屋には若い夫婦が二組いる。まただんだんに子も増えるだろう。任せておけば大丈夫だな」

角之進は笑みを浮かべた。

「子ができるとお見世のほうはお休みになりますが、おはこび小町のなり手はずいぶんいるので」

と、おみつ。

「人気なのだな」

角之進はわずかに甘みのある茶を啜った。

「ええ。貼り紙を出したら、わっと集まってくるほどで」

おみつは身ぶりをまじえて言った。

団子をいくらかもてあましていた王之進がようやく食べ終わり、名残惜し気に指をなめだした。

「これ、その所作はみっともないぞ」

角之進がすかさずたしなめる。

「はいはい、拭いてあげましょう」

おみつが母の顔で手拭いを取り出した。

四

屋敷に戻るにはまだ日が高い。

仲見世の茶見世を出た三人は、大川橋(おおかわばし)（現在の吾妻橋(あづま)）のほうへぶらぶらと歩くことにした。

「船を見るか？」

角之進は息子にたずねた。

「はい」

王之進はいい返事をした。

秋晴れの空には雲一つない。天はこの上なく高かった。

「よし、わが足で上っていけ。帰りは下りだ」

角之進はまだいくらかおぼつかない足どりの息子に言った。

「しっかり、王之進」

おみつも励ます。

「気張って歩きな、坊」

「あとちょっとだぜ」

すれ違った駕籠屋が声をかける。

ややあって、王之進はひざに手をやった。

上りが終わったのだ。

「よく気張った。偉いぞ」

角之進がほめてやると、跡取り息子は花のような笑顔になった。

「よし、また肩車をしてやろう」

父はまた息子をかつぎ上げた。

「わあ、高いね、王之進」

おみつが笑みを浮かべる。

「船が見えるか」

下流のほうをながめながら、角之進が問うた。

「あっちに」

王之進は指さした。

遠くに白い帆が見える。

「明日はまた船出だ。おまえも気張れ」

角之進はそう言うと、光を弾く水面をしみじみと見た。

思えば、ふしぎなものだ。

海賊と戦い、九死に一生を得た水も、いまこの橋の下を流れている大川の水も、どこかでつながっている。巡り巡れば、つなげることができる。

水はつながる。日の本の津々浦々へとつながっていく。

角之進は改めて役目の重さを感じた。

「次にお会いするときは、少しでも立派にね」

おみつが感慨をこめて言った。

「はい、母上」

王之進は殊勝に答えた。

その声を聞いた角之進は、瞬きをして大川の水を見た。

水は一つところにとどまってはいない。

間断なく流れながら、この世を清くしている。

それがさだめだ。

「気張れ」

半ばはおのれに向かって、角之進は気の入った声を発した。

【参考文献一覧】

石井謙治『和船I』（法政大学出版局）
船の科学館編『菱垣廻船／樽廻船』（船の科学館）
柚木学編『日本水上交通史論集第4巻　江戸・上方間の水上交通史』（文献出版）
『復元・江戸情報地図』（朝日新聞社）
三浦正幸『日本の宝　鞆の浦を歩く』（南々社）
御影舎　古川陽明『古神道祝詞　CDブック』（太玄社）
松井魁『日本料理技術選集　うなぎの本』（柴田書店）
『人気の日本料理2　一流板前が手ほどきする春夏秋冬の日本料理』（世界文化社）
野崎洋光『和のおかず　決定版』（世界文化社）
志の島忠『割烹選書　秋の献立』（婦人画報社）
飯田知史『和のごはんもん』（里文出版）

ウェブサイト「鱧料理　吉星」
ウェブサイト「入江豊三郎本店」
ウェブサイト「岡山中央魚市株式会社」
福山市ホームページ

倉阪鬼一郎　時代小説　著作リスト

	作品名	出版社名	出版年月	判型	備考
1	『影斬り　火盗改香坂主税』	双葉社	〇八年十二月	双葉文庫	
2	『深川まぼろし往来　素浪人鷲尾直十郎夢想剣』	光文社	〇九年五月	光文社文庫	
3	『風斬り　火盗改香坂主税』	双葉社	〇九年九月	双葉文庫	
4	『花斬り　火盗改香坂主税』	双葉社	一〇年九月	双葉文庫	

5	6	7	8	9	10
『人生の一椀　小料理のどか屋人情帖　1』	『江戸迷宮　異形コレクション　47』	『倖せの一膳　小料理のどか屋人情帖　2』	『結び豆腐　小料理のどか屋人情帖　3』	『手毬寿司　小料理のどか屋人情帖　4』	『黒州裁き　裏町奉行闇仕置』
二見書房	光文社	二見書房	二見書房	二見書房	ベストセラーズ コスミック出版
一〇年十一月	一一年一月	一一年三月	一一年七月	一一年十一月	一二年三月 一八年十月
二見時代小説文庫	光文社文庫	二見時代小説文庫	二見時代小説文庫	二見時代小説文庫	ベスト時代文庫 コスミック・時代文庫
	※アンソロジー				

11	『雪花菜飯　小料理のどか屋人情帖 5』	二見書房	一二年三月	二見時代小説文庫	
12	『面影汁　小料理のどか屋人情帖 6』	二見書房	一二年八月	二見時代小説文庫	
13	『大名斬り　裏町奉行闇仕置』	ベストセラーズ	一二年八月	ベスト時代文庫	
14	『あられ雪　人情処深川やぶ浪』	光文社	一二年十一月	光文社文庫	
15	『命のたれ　小料理のどか屋人情帖 7』	二見書房	一二年十二月	二見時代小説文庫	
16	『若さま包丁人情駒』	徳間書店	一三年二月	徳間文庫	

No.	書名	出版社	刊行	文庫	備考
17	『おかめ晴れ　人情処深川やぶ浪』	光文社	一三年五月	光文社文庫	
18	『夢のれん　小料理のどか屋人情帖　8』	二見書房	一三年五月	二見時代小説文庫	
19	『飛車角侍　若さま包丁人情駒』	徳間書店	一三年八月	徳間文庫	
20	『味の船　小料理のどか屋人情帖　9』	二見書房	一三年十月	二見時代小説文庫	
21	『きつね日和　人情処深川やぶ浪』	光文社	一三年十一月	光文社文庫	
22	『大江戸「町」物語』	宝島社	一三年十二月	宝島社文庫	※アンソロジー

23	『海山の幸　品川人情串一本差し』	ＫＡＤＯＫＡＷＡ	一三年十二月	角川文庫	
24	『街道の味　品川人情串一本差し　2』	ＫＡＤＯＫＡＷＡ	一四年二月	角川文庫	
25	『希望粥　小料理のどか屋人情帖　10』	二見書房	一四年三月	二見時代小説文庫	
26	『大勝負　若さま包丁人情駒』	徳間書店	一四年四月	徳間文庫	
27	『宿場魂　品川人情串一本差し　3』	ＫＡＤＯＫＡＷＡ	一四年四月	角川文庫	
28	『一本うどん　八丁堀浪人江戸百景』	宝島社	一四年五月	宝島社文庫	

29	『大江戸「町」物語　月』	宝島社	一四年六月	宝島社文庫	※アンソロジー
30	『開運せいろ　人情処深川やぶ浪』	光文社	一四年六月	光文社文庫	
31	『心あかり　小料理のどか屋人情帖11』	二見書房	一四年七月	二見時代小説文庫	
32	『大江戸「町」物語　光』	宝島社	一四年十月	宝島社文庫	※アンソロジー
33	『闇成敗　若さま天狗仕置き』	徳間書店	一四年十月	徳間文庫	
34	『名代一本うどん　よろづお助け』	宝島社	一四年十一月	宝島社文庫	

35	『江戸は負けず　小料理のどか屋人情帖　12』	二見書房	一四年十一月	二見時代小説文庫	
36	『出世おろし　人情処深川やぶ浪』	光文社	一四年十二月	光文社文庫	
37	『迷い人　品川しみづや影絵巻』	KADOKAWA	一五年二月	角川文庫	
38	『ほっこり宿　小料理のどか屋人情帖　13』	二見書房	一五年二月	二見時代小説文庫	
39	『笑う七福神　大江戸隠密おもかげ堂』	実業之日本社	一五年四月	実業之日本社文庫	
40	『世直し人　品川しみづや影絵巻』	KADOKAWA	一五年五月	角川文庫	

41	42	43	44	45	46
『もどりびと　桜村人情歳時記』	『江戸前祝い膳　小料理のどか屋人情帖　14』	『狐退治　若さま闇仕置き』	『ようこそ夢屋へ　南蛮おたね夢料理』	『ここで生きる　小料理のどか屋人情帖　15』	『あまから春秋　若さま影成敗』
宝島社	二見書房	徳間書店	光文社	二見書房	徳間書店
一五年五月	一五年六月	一五年八月	一五年十月	一五年十月	一五年十二月
宝島社文庫	二見時代小説文庫	徳間文庫	光文社文庫	二見時代小説文庫	徳間文庫

47	『天保つむぎ糸　小料理のどか屋人情帖　16』	二見書房	一六年二月	二見時代小説文庫
48	『まぼろしのコロッケ　南蛮おたね夢料理（二）』	光文社	一六年三月	光文社文庫
49	『からくり成敗　大江戸隠密おもかげ堂』	実業之日本社	一六年四月	実業之日本社文庫
50	『人情の味　本所松竹梅さばき帖』	コスミック出版	一六年五月	コスミック・時代文庫
51	『包丁人八州廻り』	宝島社	一六年六月	宝島社文庫
52	『ほまれの指　小料理のどか屋人情帖　17』	二見書房	一六年六月	二見時代小説文庫

No.	書名	出版社	刊行年月	文庫
53	『大江戸秘脚便』	講談社	一六年七月	講談社文庫
54	『母恋わんたん　南蛮おたね夢料理（三）』	光文社	一六年八月	光文社時代小説文庫
55	『国盗り慕情　若さま大転身』	徳間書店	一六年十月	徳間時代小説文庫
56	『走れ、千吉　小料理のどか屋人情帖　18』	二見書房	一六年十一月	二見時代小説文庫
57	『娘飛脚を救え　大江戸秘脚便』	講談社	一六年十二月	講談社文庫
58	『花たまご情話　南蛮おたね夢料理（四）』	光文社	一七年一月	光文社時代小説文庫

59	『京なさけ　小料理のどか屋人情帖　19』	二見書房	一七年二月	二見時代小説文庫	
60	『料理まんだら　大江戸隠密おもかげ堂』	実業之日本社	一七年四月	実業之日本社文庫	
61	『開運十社巡り　大江戸秘脚便』	講談社	一七年五月	講談社文庫	
62	『上州すき焼き鍋の秘密　関八州料理帖』	宝島社	一七年五月	宝島社文庫	
63	『からくり亭の推し理』	幻冬舎	一七年六月	幻冬舎時代小説文庫	
64	『きずな酒　小料理のどか屋人情帖　20』	二見書房	一七年六月	二見時代小説文庫	

65	『桑の実が熟れる頃　南蛮おたね夢料理（五）』	光文社	一七年七月	光文社時代小説文庫
66	『諸国を駆けろ　若さま大団円』	徳間書店	一七年八月	徳間時代小説文庫
67	『聖剣裁き　浅草三十八文見世裏帳簿』	コスミック出版	一七年九月	コスミック・時代文庫
68	『あっぱれ街道　小料理のどか屋人情帖21』	二見書房	一七年十月	二見時代小説文庫
69	『廻船料理なには屋　帆を上げて』	徳間書店	一七年十二月	徳間時代小説文庫
70	『ふたたびの光　南蛮おたね夢料理（六）』	光文社	一八年一月	光文社時代小説文庫

71	72	73	74	75	76
『決戦、武甲山　大江戸秘脚便』	『生きる人　品川しみづや影絵巻　完結篇』	『江戸ねこ日和　小料理のどか屋人情帖　22』	『悪大名裁き　鬼神観音闇成敗』	『廻船料理なには屋　荒波越えて』	『ゆめかない膳　南蛮おたね夢料理（七）』
講談社		二見書房	コスミック出版	徳間書店	光文社
一八年一月	一八年一月	一八年二月	一八年三月	一八年五月	一八年七月
講談社文庫	DL Market	二見時代小説文庫	コスミック・時代文庫	徳間時代小説文庫	光文社時代小説文庫
	＊電子書籍				

No.	書名	出版社	刊行	レーベル	
77	『兄さんの味　小料理のどか屋人情帖 23』	二見書房	一八年七月	二見時代小説文庫	
78	『八丁堀の忍』	講談社	一八年八月	講談社文庫	
79	『裏・町奉行闇仕置　黒州裁き』	コスミック出版	一八年十月	コスミック・時代文庫	
80	『風は西から　小料理のどか屋人情帖 24』	二見書房	一八年十月	二見時代小説文庫	
81	『廻船料理なには屋　涙をふいて』	徳間書店	一八年十一月	徳間時代小説文庫	
82	『裏・町奉行闇仕置　死闘一点流』	コスミック出版	一八年十二月	コスミック・時代文庫	

83	『よこはま象山揚げ 南蛮おたね夢料理（八）』	光文社	一九年一月	光文社時代小説文庫
84	『ぬりかべ同心判じ控』	幻冬舎	一九年二月	幻冬舎時代小説文庫
85	『千吉の初恋 小料理のどか屋人情帖 25』	二見書房	一九年三月	二見時代小説文庫
86	『八丁堀の忍（二） 大川端の死闘』	講談社	一九年三月	講談社文庫
87	『人情料理わん屋』	実業之日本社	一九年四月	実業之日本社文庫
88	『廻船料理なには屋 肝っ玉千都丸』	徳間書店	一九年五月	徳間時代小説文庫

89	90	91	92	93	94
『裏・町奉行闇仕置　鬼面地獄』	『親子の十手　小料理のどか屋人情帖26』	『慶応えびふらい　南蛮おたね夢料理（九）』	『しあわせ重ね　人情料理わん屋』	『八丁堀の忍（三）　遥かなる故郷』	『十五の花板　小料理のどか屋人情帖27』
コスミック出版	二見書房	光文社	実業之日本社	講談社	二見書房
一九年六月	一九年六月	一九年七月	一九年十月	一九年十一月	十九年十一月
コスミック・時代文庫	二見時代小説文庫	光文社時代小説文庫	実業之日本社文庫	講談社文庫	二見時代小説文庫

95	『裏・町奉行闇仕置　決戦隠れ忍び』	コスミック出版	十九年十二月	コスミック・時代文庫	
96	『夢の帆は永遠に　南蛮おたね夢料理（十）』	光文社	二〇年一月	光文社時代小説文庫	
97	『見参、諸国廻り　天狗の鼻を討て』	徳間書店	二〇年二月	徳間時代小説文庫	

この作品は徳間文庫のために書下されました。

徳間文庫

見参、諸国廻り
天狗の鼻を討て

2020年2月15日　初刷

著者　倉阪鬼一郎
発行者　平野健一
東京都品川区上大崎三―一―一　〒141―8202
目黒セントラルスクエア
発行所　株式会社徳間書店
電話　編集〇三（五四〇三）四三四九
　　　販売〇四九（二九三）五五二一
振替　〇〇一四〇―〇―四四三九二
印刷
製本　大日本印刷株式会社

ISBN978-4-19-894534-3　（乱丁、落丁本はお取りかえいたします）